SENHORITA CHRISTINA

MIRCEA ELIADE — SANTIAGO CARUSO

TORDSILHAS

Copyright © by Sorin Alexandrescu
Copyright da tradução e do posfácio © 2011 by Tordesilhas
Copyright das ilustrações © 2011 by Santiago Caruso

Todos os direitos reservados. Nenhuma parte desta edição pode ser utilizada ou reproduzida – em qualquer meio ou forma, seja mecânico ou eletrônico –, nem apropriada ou estocada em sistema de banco de dados, sem a expressa autorização da editora.

O texto deste livro foi fixado conforme o acordo ortográfico vigente no Brasil desde 1º de janeiro de 2009.

Funded by the Translation and Publication Support Programme
of the Romanian Cultural Institute, Bucharest.

REVISÃO Otacílio Nunes e Beatriz de Freitas Moreira
CAPA E PROJETO GRÁFICO Mariana Newlands
ILUSTRAÇÃO DE CAPA Santiago Caruso

1ª edição, 2011

Dados Internacionais de Catalogação na Publicação (CIP)
(Câmara Brasileira do Livro, SP, Brasil)

Eliade, Mircea, 1907-1986.
 Senhorita Christina / Mircea Eliade ; ilustrações de Santiago Caruso ; tradução do romeno de Fernando Klabin ; posfácio de Sorin Alexandrescu. -- São Paulo : Tordesilhas, 2011.

 Título original: Domnişoara Christina.

 ISBN 978-85-64406-31-5

 Ficção romena I. Caruso, Santiago. II. Alexandrescu, Sorin. III. Título.

11-12674 CDD-859.3

Índice para catálogo sistemático:
1. Ficção : Literatura romena 859.3

2011
Tordesilhas é um selo da Alaúde Editorial Ltda.
Rua Hildebrando Thomaz de Carvalho, 60 – Vila Mariana – 04012-120 – São Paulo – SP
www.tordesilhaslivros.com.br

MIRCEA ELIADE

SENHORITA CHRISTINA

ILUSTRAÇÕES DE
SANTIAGO CARUSO

TRADUÇÃO DO ROMENO DE
FERNANDO KLABIN

POSFÁCIO DE
SORIN ALEXANDRESCU

TORDSILHAS

SUMÁRIO

SENHORITA CHRISTINA
9

Posfácio
171

SOBRE O AUTOR, O POSFACIADOR, O TRADUTOR E O ILUSTRADOR
181

... it stood
All beautiful in naked purity,
The perfect semblance of its
bodily frame...

Shelley, *Queen Mab*

I

ANTES DE CHEGAREM À SALA DE JANTAR, SANDA O DETEVE, SEGURANDO-LHE O BRAÇO. Era o primeiro gesto mais íntimo que fazia naqueles três dias em que se encontravam juntos em Z.

– Sabia que temos mais um hóspede, um professor?

Ígor fitou seus olhos na penumbra do aposento. Cintilavam. "Talvez esteja me encorajando", pensou; aproximou-se, tentou agarrá-la pela cintura. Mas a moça se desprendeu e, alguns passos depois, abriu a porta da sala de jantar. Ígor se recompôs e permaneceu no umbral. A mesma luminária de cúpula branca estava acesa, ofuscante; uma luz demasiado forte, artificial, estridente. O sorriso de dona Moscu parecia mais cansado. (Sorriso que Ígor costumava adivinhar mesmo antes de olhar para seu rosto...)

– ... Este é o senhor Ígor Paşchievici – apresentou-o dona Moscu, solene, estendendo molemente o braço na direção da porta. – Apesar do nome estranho – acrescentou –, ele é cem por cento romeno... É pintor, e está nos dando a honra de passar uma temporada conosco...

Ígor inclinou-se, tentou dizer algumas palavras lisonjeiras. Dona Moscu recolheu o braço e, com emoção redobrada, apontou-o ao recém-chegado. Eram tão raras as ocasiões para apresentações pomposas e solenes...

– Senhor professor universitário Nazarie, glória da ciência romena!

Ígor caminhou com passos decididos na direção do professor e apertou-lhe a mão.

- Não passo de um insignificante assistente, prezada senhora - sussurrou o sr. Nazarie, tentando manter a atenção dela. - Tão insignificante, que...

Mas dona Moscu se sentou, extenuada, na cadeira. Ao seu lado, o professor ficou perplexo, com a frase inacabada. Tinha medo de se dirigir aos outros, medo de parecer ridículo ou ofendido. Por alguns instantes, não soube como proceder. Mas se decidiu e sentou-se na cadeira à direita de dona Moscu.

- Esta cadeira está ocupada - sussurrou-lhe Simina. - Eu sempre como ao lado da mamãe...

O sr. Nazarie ergueu-se de supetão e grudou-se à parede. Ígor e Sanda se aproximaram dele, sorrindo sem jeito.

- Não se deve levar a sério as piadas de Simina. Ela é cheia de caprichos. Essa, aliás, é a maior alegria dela: estar à mesa ao lado da mãe, mesmo na presença de hóspedes.

- Ela só tem nove anos - acrescentou Sanda.

Dona Moscu os fitava todo o tempo com um sorriso, como se pedisse perdão por não participar da conversa. Imaginava quão interessante uma tal conversa podia ser - interessante, erudita, instrutiva -, mas se sentia cansada demais para acompanhá-la. Dona Moscu, claro, não ouvia palavra alguma; os sons atravessavam seus ouvidos sem qualquer resistência, sem deixar rastro.

Ígor conduziu o sr. Nazarie à cabeceira da mesa, indicando-lhe uma cadeira ao lado de Sanda. "Que cansaço estranho e incompreensível", pensou o pintor ao fitar mais uma vez o rosto de dona Moscu.

- Nem sei como agradecer - murmurou o professor ao sentar-se. - Dei-me conta de que ofendi uma criança. E ainda por cima uma criança tão parecida com um anjo...

Virou a cabeça e dirigiu os mais calorosos olhares a Simina. O sr. Nazarie era um homem ainda bastante jovem, não completara nem quarenta anos; o olhar endereçado a Simina tentava transmitir um carinho protetor e ao mesmo tempo adulador. Seu rosto limpo e neutro, de homem culto, iluminara-se por completo. Deu a Simina um sorriso largo. Simina respondeu ao seu olhar com uma segurança irônica, mordaz. Por alguns instantes fitou-o no fundo dos olhos, em seguida levou o guardanapo à boca, dissimulou um levíssimo sorriso e virou devagar a cabeça para sua mãe.

- Decerto veio por causa das escavações - sondou Ígor bruscamente.

Ainda intimidado, o professor ficou muito grato a Ígor por lhe dar a ocasião de falar sobre sua profissão, sua paixão.

- Sim, senhor - respondeu animado, com os olhos brilhando. - Assim como eu dizia à senhora, retomei neste verão as escavações de Bălănoaia. É um nome que talvez não lhes evoque grande coisa, mas o sítio proto-histórico de Bălănoaia tem certo significado para nós, romenos. Foi lá que se encontrou um vaso célebre, uma grande bacia jônica em que, como sabem, se servia a carne dos banquetes...

A lembrança desse vaso, que ele pesquisara em detalhe, foi uma imagem revigorante para o sr. Nazarie. Com verve e certa melancolia, evocou os banquetes de outrora. Não eram banquetes bárbaros, grotescos.

- ... Pois, como eu dizia à senhora, toda essa planície do Baixo Danúbio, sobretudo aqui, ao norte de Giurgiu*, conheceu, no passado, em torno do século V antes de Cristo, uma próspera civilização greco-traco-cita...

Suas próprias palavras o preenchiam de coragem. Fitou de novo, com insistência, dona Moscu, sem encontrar nada além do mesmo sorriso extinto, o mesmo rosto desatento.

- Bălănoaia, *maman* - chamou-lhe a atenção Sanda, quase gritando por cima da mesa. - O senhor professor realiza escavações arqueológicas em Bălănoaia...

O sr. Nazarie intimidou-se de novo ao ouvir seu nome, vendo-se bruscamente objeto da atenção geral. Tentou se defender com a mão, desculpando sobretudo o volume da voz com que Sanda gritara para a mãe. Dona Moscu pareceu despertar de uma letargia mesclada a sono. O despertar, porém, foi real; por alguns instantes, ela recuperou o viço das faces, a beleza do rosto puro e liso.

- Bălănoaia - disse ela -, era lá que um de nossos ancestrais tinha uma fazenda.

- E a titia Christina também - logo acrescentou Simina.

- Ela também - reforçou, enérgica, dona Moscu.

Sanda lançou um olhar para a sua irmã menor, franzindo a testa. Mas Simina fitou o prato, deferente e bem-comportada. À luz forte da luminária, seus cachos negros perdiam a força e o brilho, como prata velha. "Mas que expressão calma, que bochechas de boneca!", admirava-se Ígor. Era impossível tirar os olhos daquele rosto. Seus traços exibiam uma perfeição precoce, uma beleza petrificante. Ígor sentia que o sr. Nazarie, ao seu lado, a fitava com o mesmo encanto.

- Não estamos muito falantes hoje, justo quando estamos sozinhos - disse Sanda dirigindo-se mais para Ígor.

---

*   Localidade no extremo sul da Romênia, a 65 km de Bucareste, na margem esquerda do Danúbio. (N. T.)

O pintor entendeu o tom de voz que queria provocá-lo, aborrecendo-o. Arrancou-se ao torpor com que fitara Simina e quis começar a contar uma anedota galante, à qual sempre recorria com sucesso em círculos familiares. "Estamos silenciosos porque somos inteligentes: como o meu amigo Jean...", teria contado Ígor. Mas o sr. Nazarie se adiantou:

– Os senhores provavelmente recebem muitos hóspedes durante o verão, aqui na fazenda...

Falou alguns minutos a fio, quase a perder o fôlego, como se tivesse medo de parar de falar, de ser engolido pelo silêncio. Falou das escavações, da pobreza do museu de antiguidades, da beleza das planícies danubianas. Ígor por vezes olhava, sorrateiro, para dona Moscu. Esta escutava como hipnotizada, embora o pintor soubesse muito bem que ela não ouvia uma só palavra. Sanda aproveitou uma pausa no discurso do sr. Nazarie para dizer bem alto:

– *Maman*, a carne está esfriando...

– Que coisas interessantes nos conta o senhor professor! – murmurou dona Moscu.

Pôs-se a comer com seu costumeiro apetite, com a cabeça um pouco inclinada por cima do prato, sem olhar para ninguém.

Era a única, aliás, que comia. Os outros mal tocavam na carne. O sr. Nazarie, faminto por causa da viagem, não lograra comer mais que a metade. A carne exalava um cheiro nauseante de ovelha.

Sanda chamou, com um breve gesto de patroa, a empregada que aguardava quietinha ao lado da porta.

– Já lhe disse para não comprar mais carne de carneiro – acusou-a com uma raiva dissimulada.

– Não encontrei nem uma ave, senhorita – defendeu-se a mulher. – As que ainda tínhamos eu abati ontem e anteontem. As que não morreram... Ainda restara uma gansa, mas hoje cedo encontrei-a morta também.

– Por que não foi fazer compras no vilarejo? – perguntou Sanda, mais enraivecida.

– Ninguém quis me vender – respondeu a empregada de imediato. – Não quiseram ou não tinham o que vender – acrescentou, insinuando alguma coisa.

Sanda enrubesceu e fez sinal para que a empregada levasse os pratos. Dona Moscu terminou de comer a carne.

– Que belas coisas nos contou o senhor professor sobre Bălănoaia! – começou ela a falar, com uma voz meio cantada. – Tantos ídolos enterrados, tantos instrumentos de ouro...

O professor estremeceu.

- Os de ouro são mais raros de encontrar - interrompeu-a. - Nem havia muitos naquela época. Esta zona era habitada por civilizações rurais, vilarejos prósperos, mas sempre vilarejos. Nos portos gregos* é que se encontrava mais ouro...

- No passado também encontrou-se ouro, instrumentos antigos de ouro - continuou dona Moscu.

- A titia Christina também tinha - murmurou Simina.

- De onde é que você tirou isso? - perguntou-lhe Sanda, em tom de repreenda. - Por que não fica quieta?!

- Mamãe me contou - disse Simina, desenvolta. - E a babá também.

- A babá tem de parar de encher sua cabeça com mentiras - acrescentou Sanda, ríspida. - Você já é bem grandinha, não tem mais idade para acreditar em lorotas e contos de fada...

Sanda olhou para a irmã com um levíssimo sorriso, ao mesmo tempo desdenhoso e indiferente. Em seguida, virou-se para Ígor e o analisou, austera; parecia perguntar-se se ele achava o mesmo, se ele também poderia ser tão ingênuo...

A conversa esmorecia de novo. O sr. Nazarie virou-se para Ígor:

- Que ideia maravilhosa a de se dedicar às planícies danubianas - disse ele. - Acredito que até hoje ninguém pensou em retratar tais lugares; no início eles parecem desgraçados, desolados, esturricados, mas logo em seguida revelam sua espantosa fecundidade, seu feitiço...

Falava com sinceridade e entusiasmo. Ígor o fitava, pasmo. Parecera-lhe, nos primeiros minutos, um reles cientista chato e tímido. Mas as mãos do sr. Nazarie se moviam com uma graça perfeita, as palavras que proferia tinham seiva própria, um estranho frescor. Pareciam pronunciadas de maneira diferente, mais profunda, mais plena.

- O senhor Paşchievici é um grande artista, mas é também um grande preguiçoso - interveio Sanda. - Faz três dias que está conosco, e nem abriu a paleta...

- Eu poderia interpretar de diferentes maneiras a sua amistosa observação - disse Ígor, galante. - Poderia achar, por exemplo, que a senhorita está impaciente por me ver em ação, para que eu parta mais rápido...

---

* Referência às colônias gregas no litoral romeno do Mar Negro, fundadas entre os séculos VII e V a.C., como, por exemplo, Histria, Tomis (atual Constança) e Callatis (atual Mangalia). (N. T.)

Sanda devolveu-lhe o sorriso, encorajando-o. Ígor compreendia perfeitamente todas aquelas sutilezas de piada, de graça e de capricho que traem a impaciência, a tentação, os chamados. "Sanda é de toda forma sublime", dizia ele para si mesmo, embora não entendesse de jeito algum o comportamento dela naqueles três dias. Que diferença da senhorita frívola de Bucareste, que o atraía com tanta audácia, que apertara com tanta alegria a sua mão ao concordar em passar um mês inteiro em Z. Talvez temesse algo, temesse os hóspedes – foi com esse raciocínio que Ígor se consolou na primeira noite.

– ... A verdade é que não me sinto capaz de nada por enquanto – continuou ele, voltando-se para o sr. Nazarie. – Pelo menos não na pintura. Talvez este início de outono, que mais parece pleno verão, esteja me fatigando...

– Eu arranjaria desculpas muito melhores se ele me pedisse – interveio Sanda, pondo-se a rir. – Tivemos três dias barulhentos demais, com amigos demais, foi isso. A partir de amanhã ele vai poder trabalhar; afinal de contas, ficamos sozinhos...

Ígor começou a brincar com a faca. Sentia necessidade de apertar algo duro e frio, esmagar sua impaciência.

– ... E eu ficarei aqui despercebido – acrescentou o sr. Nazarie. – Os senhores vão me ver só aqui, socializando...

Com um gesto rápido e circular da mão, indicou a mesa. Dona Moscu lhe agradeceu, ausente.

– É uma enorme honra tê-lo entre nós – pôs-se ela a falar, recobrando subitamente uma voz muito mais segura e mais forte. – O senhor é um orgulho da ciência romena...

Podia-se notar que ela adorava essas palavras, pois as repetia com fervor. Ígor olhava para baixo, apertando, com menos força, a faca. Por debaixo dos cílios, Sanda acompanhava os seus gestos. "Quem sabe o que ele acha da mamãe", disse a si mesma, sentindo um arrepio repentino.

– Senhora – interrompeu espantado o sr. Nazarie –, os elogios de vossa senhoria dirigem-se indubitavelmente ao meu mestre, o grande Vasile Pârvan*. Ele, sim, foi de fato um ápice, um orgulho nosso, um gênio romeno...

Fazia tempo que aguardava semelhante ocasião: falar, dizer coisas longínquas daquela mesa bizarra, daqueles anfitriões enigmáticos. Falou com ardor e devoção de Pârvan. Com ele aprendera o ofício das escavações. Ele, pioneiro, havia

---

* Vasile Pârvan (1882-1927) foi um eminente historiador e arqueólogo romeno. (N. T.)

comprovado que o maior orgulho da terra romena era a pré-história e a proto-história. E a magia das escavações, da vida nas tendas, o arrepio diante de cada objeto descoberto.

— ... Um pente de ferro, um prego, um fragmento de vaso — continuou o sr. Nazarie —, todas essas coisas miseráveis e neutras, que nem um andarilho apanharia do chão, têm para nós mais fascínio do que o mais belo dos livros e, talvez, até mesmo mais do que a mais formosa das mulheres...

Sanda procurou os olhos de Ígor, sorrindo, esperando um sorriso irônico. Mas o pintor o ouvia com respeito e simpatia.

— Um pente de ferro por vezes reflete toda uma civilização — acrescentou o sr. Nazarie, dirigindo-se de novo a dona Moscu.

Interrompeu, porém, a frase no meio, como se houvesse perdido o fôlego. Fitava dona Moscu hirto. Temia fechar os olhos e entrever uma aparição mais assustadora por detrás das pálpebras.

— Quem quer um café?! — perguntou no mesmo instante Sanda, erguendo-se alvoroçada da mesa.

O sr. Nazarie começou a sentir um suor frio pelos ombros, pelo peito, ao longo dos braços. Como se houvesse penetrado lentamente numa área úmida e gelada. "Estou muito cansado", pensou ele, apertando as mãos uma na outra. Virou-se para Ígor. Pareceu-lhe bastante misterioso o seu gesto: sorria, com dois dedos levantados, como se estivesse numa sala de aula...

— O senhor também aceita, professor? — perguntou Sanda.

— Com prazer, com prazer... — respondeu o sr. Nazarie.

Foi só ao ver as xícaras de café em cima da mesa que ele compreendeu o que Sanda havia perguntado, tranquilizando-se de todo. Naquele mesmo instante, olhou mais uma vez, sem medo, para dona Moscu. A anfitriã inclinara a cabeça, apoiando-a na palma da mão direita. Ninguém falava à mesa. Encontrou porém o rosto de Simina virado para ele. Fitava-o com grande surpresa, com desconfiança até. Parecia se esforçar em decifrar um segredo. Era uma preocupação profunda, descontente, que ultrapassava as de uma criança.

II

O SR. NAZARIE ABRIU A PORTA COM EXTREMO CUIDADO. Encontrou na salinha uma lamparina a gás, com a chama baixa. Desprendeu-a da parede e começou a caminhar atento, esforçando-se por não fazer barulho. O assoalho de madeira, porém, pintado de bordô, estalava, mesmo onde estava coberto por tapetes. "Por que cargas d'água nos deram quartos tão distantes um do outro!", pensou, um pouco enervado, o sr. Nazarie. Não é que tivesse medo, mas tinha de andar muito até o quarto de Ígor; tinha de passar diante de muitas portas, sem saber se havia alguém nos quartos, se perturbava alguém. Por outro lado, aqueles quartos - se realmente estivessem vazios - dariam um ar desolante ao corredor, coisa que o sr. Nazarie nem queria pensar.

O dormitório de Ígor ficava justo no fundo do corredor. Bateu na porta algumas vezes, contente.

- Espero não estar perturbando muito - disse, abrindo a porta. - Estou completamente sem sono...

- Eu também - respondeu Ígor, levantando-se do sofá.

Era um quarto grande, espaçoso, com um terraço que dava para o jardim. A cama antiga, de madeira, ficava num canto. Um armário, uma pia, um sofá, uma escrivaninha elegante, duas cadeiras e uma *chaise longue* constituíam o resto da mobília. Mas o quarto era tão grande que parecia mobiliado com acanhamento.

As peças se encontravam longe demais umas das outras. Era possível deslocar-se à vontade entre elas.

- Muito me encanta - acrescentou Ígor. - Já me perguntava com que iria combater a insônia. Não trouxe grande coisa em matéria de livros. Tencionava trabalhar bastante durante o dia...

E completou o pensamento só para si: "Tencionava, sobretudo, passar as noites com Sanda"...

- É a primeira noite que me recolho tão cedo aos meus aposentos - continuou Ígor. - Até ontem, eu ficava até tarde da noite no jardim; havia muitos hóspedes, muitos jovens. Mas acho que cansavam demais a dona Moscu... O senhor não fuma? - perguntou, dirigindo-se com a tabaqueira aberta ao sr. Nazarie.

- Não, obrigado. Mas eu queria lhe perguntar, todos esses quartos em volta estão vazios?

- Acho que sim - respondeu Ígor, sorrindo. - Aqui ficam os hóspedes; um andar inteiro só para os hóspedes. E lá embaixo acho que todos os quartos estão vazios também. Dona Moscu mora na outra ala da casa, com as filhas...

Ficou absorto em seus pensamentos. Acendeu o cigarro e sentou-se na cadeira em frente ao professor. Ambos em silêncio.

- Que noite esplêndida! - disse finalmente o sr. Nazarie, erguendo a cabeça para o terraço.

Na escuridão distinguiam-se os contornos grandes, ainda irresolutos, das árvores. Ígor também virou a cabeça. Realmente, uma noite esplêndida. Mas dizer "boa noite" aos hóspedes às nove e meia e retirar-se junto com mamãe, como uma garotinha bem-comportada...

- Se você ficar bastante tempo imóvel - acrescentou o sr. Nazarie - e inspirar lentamente, sem se apressar, é possível sentir o cheiro do Danúbio... Eu consigo sentir...

- Mas deve estar muito longe - disse Ígor.

- A uns trinta quilômetros. Talvez menos. Mas é o mesmo tipo de noite, isso dá para sentir logo...

O sr. Nazarie se ergueu e se aproximou do terraço. Não, a lua não haveria de aparecer senão dentro de alguns dias, percebeu tão logo deparou com a escuridão.

- É também a mesma atmosfera - acrescentou ele, girando vagaroso a cabeça e sorvendo o ar com avidez. - Pelo visto, você nunca esteve ao lado do Danúbio.

Senão, perceberia de imediato esse perfume. Eu sinto o cheiro do Danúbio e do Bărăgan*.

O outro pôs-se a rir.

- Não é um exagero dizer que sente o cheiro do Bărăgan também?!

- Não, não - explicou o sr. Nazarie. - Pois não é um cheiro de água, não é uma atmosfera úmida. É mais um cheiro débil, que evoca barro e plantas espinhosas...

- É vago demais - interrompeu-o Ígor, sorrindo.

- Mas dá para reconhecer logo, não importa onde esteja - continuou o sr. Nazarie. - Às vezes dá a impressão de que, ao longe, apodreceram florestas inteiras, e o vento traz esse cheiro complexo e ao mesmo tempo elementar. No passado, havia florestas aqui por perto. A floresta de Teleorman...

- Este jardim também parece muito antigo - disse Ígor, estendendo o braço para além do limite do terraço.

O sr. Nazarie lançou-lhe um olhar indulgente, sem conseguir esconder um sorriso de menosprezo.

- Tudo o que você está vendo aqui - disse ele - não tem mais de um século. Acácias... Árvore de gente pobre. Se ao menos víssemos aqui ou ali um olmo.

Pôs-se a falar apaixonadamente de árvores e florestas.

- Não se espante - disse de repente, interrompendo seu discurso e pondo a mão no ombro de Ígor. - Tive de aprender tudo isso com as pessoas, com livros, com eruditos, como pude. Refiro-me às escavações, claro; tinha de saber até em que lugar podiam ter-se fixado os meus citas, getas e tantos outros que passaram por aqui...

- Por aqui decerto não deve haver muitos vestígios - disse Ígor, tentando levar a conversa para a pré-história.

- Podem-se encontrar aqui também - disse com modéstia o sr. Nazarie. - Devem ter existido por aí estradas, inclusive vilarejos nas margens da floresta. Na proximidade dos vales, sobretudo... Mas, de todo modo, esses lugares cobertos séculos a fio por florestas são lugares enfeitiçados. Isso é inegável...

Deteve-se e pôs-se a sorver o ar, inclinando devagar o corpo todo para além da borda do terraço, em direção à noite.

---

* Extensa planície do sudeste da Romênia, delimitada ao sul pelo Danúbio, conhecida por seu terreno negro fértil e por sua vegetação de estepe. (N. T.)

- Que alegria sinto sempre que reconheço o Danúbio, até mesmo aqui - continuou ele, com voz mais baixa. - É outro feitiço, um feitiço fácil de aceitar, que não assusta. Os que habitam ao longo dos rios são ainda mais sábios, e mais corajosos; os aventureiros partiram daqui também, e não só do litoral marítimo... Mas, veja você, a floresta é assustadora, enlouquecedora...

Ígor começou a rir. Deu um passo para dentro do quarto. A luz da lamparina abrangeu toda a sua figura.

- Claro, não é difícil de entender - continuou o sr. Nazarie. - A floresta assusta até mesmo você, jovem iluminado, sem superstição. É um pavor do qual ninguém escapa. Demasiadas vidas vegetais - e as velhas árvores assemelham-se demais aos homens - em corpos humanos sobretudo...

- Não fique achando que me afastei da janela por medo - disse Ígor. - Afastei-me para acender um cigarro. Volto já para o seu lado...

- Não precisa. Acredito em você. É impossível mesmo ter medo de um jardim de acácias - disse o sr. Nazarie, voltando ao quarto e sentando-se no sofá. - Mas o que eu lhe disse é verdade. Se não fosse o Danúbio, os habitantes daqui teriam enlouquecido. Pessoas de dois, três mil anos atrás, bem entendido...

Ígor o fitava com espanto. "Esse professor é cada vez mais interessante. Se passarmos mais duas horas juntos, ele vai começar a recitar poemas sobre cabeças decapitadas"...

- Esqueci de perguntar - retomou o sr. Nazarie. - Faz tempo que você conhece nossa anfitriã?

- Conheço só a senhorita Sanda, e não faz muito tempo, uns dois anos. Temos amigos em comum. Conheci dona Moscu só ao chegar aqui, há poucos dias.

- Parece-me muito cansada - disse o sr. Nazarie.

Ígor assentiu com um balanço da cabeça. Apesar de tudo, a seriedade com que o professor falava era divertida; era como se lhe houvesse comunicado um segredo, uma observação que só ele poderia ter feito. "Diz isso justo para mim, eu que tenho me esforçado há tantos dias em memorizar o sorriso dela"...

- Eu, de certo modo, cheguei aqui por acaso - precisou o sr. Nazarie. - Fui convidado por intermédio do governador civil; parece ser um velho amigo da família. Mas comecei a me sentir inoportuno; não estaríamos incomodando?! Tenho a impressão de que dona Moscu esteja bastante doente...

Ígor falou como se quisesse se desculpar; nem ele queria permanecer por muito tempo, ao perceber, desde o primeiro dia, quão cansada a anfitriã se encontrava. Os demais hóspedes, porém, pareciam não se impressionar com a fraqueza de dona Moscu. Talvez a conhecessem havia mais tempo e estivessem acostumados. Ou talvez nem se tratasse de uma doença grave; por vezes, sobretudo pela manhã, dona Moscu acompanhava com vivacidade todas as conversas.

- Parece que suas forças diminuem junto com o pôr do sol - acrescentou Ígor com certa solenidade, após uma breve pausa. - É ao anoitecer que ela se apresenta muito cansada; às vezes mergulha numa estranha letargia, ainda mais estranha por manter o mesmo sorriso, a mesma máscara.

O sr. Nazarie via com clareza os olhos bem abertos dela, de pupilas frias, inteligentes; via também o sorriso que lhe iluminava todo o rosto e que era capaz de enganar tão bem. Não, o pintor estava equivocado ao falar da máscara de dona Moscu; não era uma máscara, era uma figura viva, concentrada, bastante atenta até; de qualquer modo, o sorriso a fazia presente, como se escutasse com toda a sua alma o que estava sendo dito, deixando-se enfeitiçar pelas palavras de seu interlocutor. No início, tanta atenção enrubescia e quase intimidava o outro. Mas logo percebia-se que ela não ouvira nada, que talvez nem tivesse ouvido uma palavra sequer. Acompanhava apenas, sem cessar, os gestos e os lábios, via-os falando, e sabia quando interromper.

- Isso é incrível! - exclamou o sr. Nazarie, desenvolvendo sua reflexão. - Ela sabe quando interromper, quando soltar determinada palavra, para se fazer lembrada, para que seu silêncio não seja perturbador...

Ígor o escutava com mais espanto que antes. Ainda não se acostumara a considerá-lo inteligente demais, e muito menos sensível. "Tem virtudes de artista" - pensou. "E, apesar disso, é tão tímido, tão grosseiro"...

- Será que não estamos exagerando um pouco? - perguntou ele, erguendo-se da cadeira e começando a passear pelo aposento. - Talvez não seja nada além de uma estafa crônica, se é que existe semelhante termo.

- Não existe - disse o sr. Nazarie, dando, sem querer, um tom irônico às palavras. - Estafa crônica significaria uma espécie de morte paralisada...

Não gostou das últimas palavras, levantou-se também ele do sofá, procurando caminhar. Sentiu o mesmo suor frio e estúpido nas costas. Franziu o cenho na direção do sofá, como se quisesse se convencer de sua modesta realidade, de sua indiferença física. Fitava-o severamente, furioso consigo mesmo, com seus nervos de imaginação infantil.

- De qualquer modo - disse Ígor, do outro lado do quarto -, estamos exagerando também; somos demasiado sensíveis. Não vê como as filhas se comportam com ela, sobretudo a mais jovem?

Deteve-se junto à porta, como se houvesse ouvido algo. Um empregado verificava se as portas estavam trancadas, ou procurava alguma coisa no corredor. Que passo atento, leve e, quanto mais tedioso, mais fácil era adivinhá-lo do que ouvi-lo. Ora um levíssimo estalido do assoalho, ora não se ouvia mais nada, por alguns instantes, instantes demorados. O empregado caminhava na ponta dos pés, prendendo a respiração para não acordar ninguém. "Caipiras idiotas" - pensou Ígor, exasperado com o barulho que cessara -, "antes pisassem com força, para podermos ouvi-los melhor."

- Tive a impressão de que alguém passeava no corredor - disse Ígor, pondo-se novamente a andar. - Amanhã vou colocar um anúncio na minha porta: "Favor pisar no corredor de sola inteira". Senão é enervante; é como se estivéssemos à espera de assaltantes... É verdade que bandidos não poderiam chegar até aqui com tanta facilidade - acrescentou ele aos risos. - Mas, de todo modo, é enervante...

O sr. Nazarie se aproximou do terraço. Inclinou de novo a cabeça na escuridão.

- As noites ficam tão quentes - disse Ígor. - Poderíamos estar no jardim em vez de ficarmos fechados aqui...

Ao notar que o professor não respondia, ele se retirou devagar para o quarto. "Está pensativo, talvez esteja filosofando sobre o Danúbio" - pensou Ígor, subitamente bem-disposto. "Mas, no fundo, o que ele afirma não é de todo ilógico; um rio, uma torrente de margens largas, convidativas"... Naquele momento ele viu quanto o Danúbio era belo, quanto era firme, viril. Quis estar longe; por exemplo, na ponte de um iate que singrasse devagar as águas do rio, estendido numa *chaise longue*, ouvindo o rádio ou rodeado por jovens. "É fácil aborrecer-se sem jovens, sem algazarra em derredor. Vida, presença; sem isso..." Virou a cabeça, enervado. Pareceu-lhe não estar sozinho no quarto, que alguém o observava insistente; sentira com precisão como um olhar o penetrava por trás, e tais sensações sempre o aborreciam. E, apesar de tudo, ele estava sozinho. O professor se demorava no terraço. "Um pouco deseducado da parte dele" - admirou-se Ígor. "Ou talvez não esteja se sentindo bem e eu devesse lhe dizer alguma coisa, ajudá-lo." Deu alguns passos na direção do terraço. O sr. Nazarie o encarou com um rosto iluminado:

- Perdoe-me por ter ficado aqui fora. Receei ser acometido por uma tontura; começo a me convencer de que estou realmente cansado. Esses lugares não me fazem bem...

- Talvez nem a mim - retrucou Ígor, rindo. - Mas isso não tem importância alguma. Importante é que eu não posso lhe oferecer nada além de conhaque. Espero que não recuse um conhaque.

- Noutras circunstâncias eu recusaria. Hoje, porém, preciso neutralizar o café que tomei inadvertidamente. Se eu passar a noite toda com insônia, amanhã vou estar um trapo...

Ígor abriu a bolsa de viagem, tirou de dentro dela uma garrafa recém-aberta e pegou do armário dois copos grandes de água. Entornou atento um dedo de conhaque em cada um.

- Oxalá isso atraia o sono - disse o sr. Nazarie, esvaziando o copo de um só gole.

Envolveu em seguida o rosto com as palmas das mãos e o esfregou, como se o amassasse. "Bebeu como se fosse aguardente", pensou Ígor, que começou a sorver do conhaque aos poucos, deleitando-se. O álcool impusera outra atmosfera no aposento: cordial, camarada, fortificante. Agora ele não sentia mais nenhum olhar alheio. Sentou-se comodamente na cadeira, inalando o vapor invisível da boca do copo. Um aroma bem conhecido, que o fazia lembrar de tantos momentos luminosos, confortáveis, passados junto com amigos ou com determinadas mulheres. "O álcool é bem-vindo", disse a si mesmo.

- Dê-me um cigarro - pediu naquele instante o professor, ainda vermelho e sufocado. - Talvez tenha mais sorte desta vez.

Fumou, de fato, com certo sucesso. Ígor encheu de novo os copos. Sentia-se muito mais bem-disposto, a fim de conversa. "Se Sanda também estivesse aqui, se tivesse um pouco de imaginação... Que prazer seria passarmos a noite jogando conversa fora, junto com esse professor divertido, com uma garrafa de conhaque. No fundo, é por isso que as pessoas vêm para o campo; para passar as noites conversando muito, para escutar melhor umas às outras. Em Bucareste, ninguém ouve ninguém."

- Beba esse sem pressa, senhor professor - brincou Ígor.

Estava a fim de conversa, de confidências.

- Esqueci de perguntar como é que você faz as descobertas arqueológicas.

- É simples - pôs-se a dizer o professor -, muito simples...

Porém deteve-se, engasgado. Olharam-se por um instante nos olhos, profundamente, cada um tentando entender se o outro tinha sentido a mesma coisa, o mesmo início de terror. Em seguida, apanharam quase ao mesmo tempo os copos de conhaque, sorvendo-os de um só gole. O professor não esmagou mais o rosto entre as palmas das mãos. Pelo contrário, dessa vez o álcool lhe fizera bem. Não se atreveu, porém, a perguntar a Ígor; adivinhara pelo seu olhar que ele tivera a mesma impressão incômoda, o mesmo pavor repugnante. Sentir como alguém se aproxima e *se prepara para ouvir*, alguém que não se vê, mas cuja presença se sente no pulsar do sangue, alguém que se reconhece no brilho dos olhos do próximo...

Ambos se puseram a falar sobre outra coisa. Ígor procurou depressa um assunto, um pretexto. Algo que não tivesse a ver com aquele quarto, aquele instante. Durante algum tempo, sua mente não pôde encontrar nada. Bloqueara-se. E nem ao menos sentia medo. Mas, *naquele momento*, sentira algo que não se podia comparar com nada. Uma repulsa monstruosa, misturada a pavor. Por alguns instantes apenas. Bastou que pegasse o copo e esvaziasse de uma vez o dedo de conhaque para que tudo se aclarasse.

– O senhor já esteve em Marselha? – perguntou ele à queima-roupa, pegando a garrafa e a entornando de novo nos copos.

– Estive, já faz tempo, logo depois da guerra. Muita coisa mudou desde então...

– Lá existe um bar, bem ao lado do hotel Savoy – continuou Ígor, loquaz – chama-se L'étoile marine. Lembro-me perfeitamente, é assim que ele se chama. Lá, quando alguém gosta do conhaque, há o costume de se começar a cantar...

– Excelente ideia! – disse o professor. – Mas eu não tenho voz...

Ígor o fitou com desprezo: "Tem medo de cantar, está com vergonha". Levou o copo às narinas e o aspirou com força. Sorveu um gole, para em seguida inclinar um pouco a cabeça para trás e começar a cantar, arrastado:

Les vieilles de notre pays
Ne sont pas vieilles moroses,
Elles portent des bonnets roses...*

---

*   Primeiros versos do poema "Les vieilles de chez nous", do poeta francês Jules Lafforgue (1873-1947), transformado em canção popular pelo compositor francês Charles-Gaston Levadé (1869-1948). "As velhas do nosso país/ Não são velhas mal-humoradas/ Elas usam toucas rosas..." (N. T.)

III

O sr. Nazarie, ao ouvir baterem na porta, decidiu despertar por completo. Fazia meia hora que vinha lutando com o sono. Abria os olhos, sentia o impulso da manhã, a luz crua no quarto, depois voltava a adormecer. Um sono leve, interrupto, e por isso ainda mais balsâmico. Parecia prolongar uma beatitude que dificilmente ele poderia readquirir. Com quanto mais tenacidade resistia, mais balsâmico era o mergulho no sono. Mais um instante, mais um... Era como se, nas profundezas do sono, persistisse incessantemente viva a certeza de que essa felicidade, efêmera, em breve haveria de se desprender daquela doce flutuação para arremessá-lo por completo à luz no lado de fora. As batidas na porta de fato o despertaram definitivamente.

– Bom dia!...

Uma mulher quase velha entrou no quarto trazendo leite.

– É tarde, acho que é bastante tarde – disse o sr. Nazarie.

A mulher sorriu, evitando seu olhar.

O sr. Nazarie esfregou a testa. Sua cabeça doía um pouco, tinha um gosto amargo na boca. Foi de repente envolvido pelo remorso de ter ficado tanto tempo na cama. A beatitude da qual se desgrudara com tanta dificuldade parecia-lhe agora repugnante. Sem motivos, sentia-se, ao mesmo tempo, cansado, triste e desesperançoso; como sempre se sentia quando despertava pela primeira vez num quarto que não fosse o de sua casa. Um enorme e incompreensível vazio interior, vaidade das vaidades... Lembrou-se porém dos copos de conhaque que bebera à noite, e a fúria contra si mesmo aumentou. Isso, continue bebendo insensatamente, perdendo o tempo como um vadio...

– Se o senhor quiser água quente, doutor – disse a mulher.

Não, água quente de jeito algum. O sr. Nazarie sentia necessidade de se punir, de se torturar. Com que prazer haveria de lavar o corpo com água fria...

A mulher fechou a porta e o sr. Nazarie pulou ruidosamente da cama. A tontura e uma leve dor de cabeça persistiam. Encheu a bacia de água fria e começou a se lavar. Evocou os acontecimentos da noite anterior um após o outro. Tinha vontade de rir. Que ilusões imbecis, que medo infundado! Bastava olhar um pouco em derredor, ver a luz, o frescor do outono, o leite quente exalando aquela fumaça pura e branda, para perceber a inverossimilhança de todas aquelas alucinações. "E nem ao menos aprendi a fumar", pensou o sr. Nazarie com certa ironia, vestindo-se. Sentou-se em seguida à mesa e bebeu a xícara de leite até o fim, sem tocar na geleia e na manteiga. Partiu um pedaço de pão torrado e pôs-se a terminar a toalete, mastigando. "O jantar de ontem não foi grande coisa" – lembrou-se. "Se eu não tivesse me intoxicado de conhaque, teria acordado hoje com uma fome de lobo. O jantar não foi grande coisa e todo mundo percebeu. A carne exalava um cheiro de ovelha, a verdura estava queimada. Sorte que serviram polenta com queijo e creme de leite." Sorriu, olhando-se no espelho. "Esqueci-me de me barbear. Talvez por isso ela tenha me oferecido água quente. Agora é tarde demais, vou me barbear assim mesmo com água fria..."

Sem pressa, ele retirou da valise o aparelho de barbear e começou a cobrir o rosto de espuma. Uma melodia triste, lenta, eclodiu aos poucos de sua lembrança. Por alguns instantes, a canção flutuou disforme, debatendo-se, perdendo-se e recompondo-se:

Les vieilles de notre pays...

"Foi o que Ígor cantou ontem à noite", lembrou, maravilhado. Lembrou-se inclusive da circunstância que fizera o pintor cantar. "Ele também sentira *a mesma coisa*", disse a si mesmo o sr. Nazarie, com um sorriso. Com que facilidade sorria agora, como lhe parecia distante e ridícula a cena da noite passada. Espalhava a espuma pelo rosto com boa disposição. "E, apesar disso, tive a impressão de que alguém me ouvia. Lembro-me muito bem. E à mesa... Naquela hora foi algo sério, realmente algo muito mais sério." Mas havia tanta luz no quarto, tanta certeza no branco das paredes, no fragmento de céu resplandecente que se via no espelho, no perfume da espuma que lhe envolvia o rosto...

O sr. Nazarie fixou a lâmina com cuidado; cada gesto lhe produzia prazer, cada coisa que segurava com a mão. Pôs-se a barbear-se de bom grado, olhando-se no espelho, encolhendo a boca e tentando fazê-lo com graça, evitando que lábios arredondados com brutalidade estragassem a simetria do rosto.

***

O sr. Nazarie passou a manhã andando a esmo pelos campos. Seus pensamentos estavam longe da pré-história. Aliás, nada lhe incutia a esperança de realizar alguma escavação de sucesso naquelas planícies demasiado achatadas e monótonas. Ao norte do casarão, na direção do vilarejo, começavam as mamoas, mas o sr. Nazarie tomou de propósito o caminho contrário. Ainda estava muito bonito por ali, antes da lavoura de outono. Nenhuma nuvem, nenhuma sombra por toda aquela extensão e, apesar de tudo, o sol não queimava, pássaros desconhecidos se alçavam aos céus, ouviam-se grilos e gafanhotos. Um silêncio imenso, vivo, móvel. Até o passo humano se dissolvia naquela massa musical de minúsculos sons que constituíam ao mesmo tempo o silêncio e a solidão do campo. "A gloriosa planície valáquia" – sublinhou o sr. Nazarie. "Mais duas ou três semanas, e as férias terão terminado definitivamente. Bucareste, exames dos estudantes, escritório de trabalho. Se ao menos conseguirmos ter êxito em Bălănoaia"...

Voltou ao casarão poucos minutos antes da hora do almoço. Encontrou Simina passeando sozinha no jardim.

– Bom dia, senhorita! – cumprimentou-a cordialmente.

– Bom dia, senhor professor – respondeu a menina, sorrindo. – Dormiu bem?... Mamãe vai lhe perguntar a mesma coisa, mas eu queria perguntar primeiro...

O sorriso transformou-se imperceptivelmente num riso breve, abafado. O professor não conseguia desviar os olhos da figura incomparavelmente bela. Lembrava uma boneca; uma beleza tão perfeita que parecia artificial. Até os dentes brilhavam, o cabelo demasiado negro, os lábios demasiado vermelhos.

– Dormi admiravelmente bem, senhorita – disse o sr. Nazarie, aproximando-se dela com a intenção de passar a mão por seus cachos.

Era realmente uma criança prodígio. Ao aproximar, porém, a palma da mão da cabeça da menina, ele foi de súbito tomado pelo temor de acariciá-la. Intimidou-o seu sorriso. Retirou a mão sem jeito. Simina não era mais uma criança; nove anos, assim lhe haviam dito na noite anterior, mas quanta feminilidade no andar, quanta graça nos gestos breves e harmoniosos.

- O senhor não distraiu o senhor Ígor do trabalho durante a noite? - perguntou Simina, manhosa, franzindo levemente a testa.

O sr. Nazarie não tentou esconder seu espanto. Ao contrário, alegrou-se em ter uma ocasião para elogiar a menina, mostrar-se tapeado por sua astúcia e, assim, aproximar-se melhor dela.

- Mas como você sabe que estive com o senhor Ígor ontem à noite? - indagou ele.
- Imaginei!

Pôs-se a gargalhar. O professor estacou na sua frente, alto, embaraçado. Simina se recompôs rapidamente.

- Sempre que dois hóspedes se encontram - disse ela -, eles logo se reúnem num quarto. E o quarto do senhor Ígor é o mais bonito. É para lá que geralmente vão os hóspedes...

Deixou o raciocínio incompleto. Retomou o sorriso de criança vitoriosa e, com um passo, aproximou-se do sr. Nazarie.

- Mas eu acho que isso não é correto - acrescentou ela, num sussurro. - O senhor Ígor está ocupado trabalhando. Ele tem de ser deixado sozinho à noite...

Ao pronunciar a última frase, a menina perdeu o sorriso. Tinha uma expressão severa, fria, imperativa. O sr. Nazarie se sentia agora ainda mais intimidado.

- Claro, claro - balbuciou ele. - Isso foi só uma vez, doravante não haverá de se repetir...

Simina o fitou nos olhos por um instante, muito fixamente, quase impertinente, para depois, sem acrescentar uma só palavra, arrebatar seu corpo da frente do professor e dirigir-se ao jardim.

"Ela decerto sabe de algo de que nem desconfio" - pensou consigo o sr. Nazarie. "Será que estão conspirando contra Ígor? Encontros noturnos, no jardim, passeios românticos - é assim que começa em geral... Simina é, sem dúvida, uma confidente."

O sr. Nazarie entrou no quarto para lavar as mãos antes da refeição. "Mas é uma besteira permitir que uma garotinha fique sabendo dessas coisas" - continuou ele a pensar. "Uma criança tão sensível como Simina..."

Desceu apressado e seguiu direto para a sala de jantar. Ouvira o sino. Fora, aliás, informado do costume da casa: cinco minutos após o soar do sino, a refeição é servida, não importa quantas pessoas estejam presentes. Todos estavam reunidos na sala, exceto Simina.

– Como dormiu o senhor professor? – perguntou dona Moscu.

Não parecia tão cansada naquela manhã. Envergava um vestido cinzento, com a gola de um rosa pálido. Parecia realmente mais jovem, mais animada. Os braços desnudos mexiam-se com mais graça, inclinando-se arqueados, viçosos.

– Dormiu bem mesmo? – perguntou também Sanda, esforçando-se por esconder sua surpresa.

A empregada se pôs junto à porta, à escuta. Cabisbaixa, com as mãos para trás, mantinha-se à espera de uma ordem, embora escutasse também ela com a mesma curiosidade.

– Dormi tão bem quanto possível – respondeu o sr. Nazarie. – No início, temi certa insônia, mas o senhor Paşchievici foi tão gentil...

Virou-se para ele. Ígor sorria, brincando com a faca de cortar pão. "Então, ele contou tudo" – pensou consigo o sr. Nazarie. "Provavelmente contou como enchemos a cara e talvez também outras coisas engraçadas sobre mim"...

– Creio que o senhor Paşchievici lhes contou... – acrescentou.

– Não tive muito o que contar – interrompeu-o Ígor.

O sr. Nazarie dera-se conta naquela altura de que Ígor não poderia ter contado em detalhe os acontecimentos da noite anterior. Teria se envergonhado. Sem dúvida agora lhes pareciam ridículas as alucinações daquela noite, mas, mesmo assim, não deveriam ser relatadas aos outros. Fitou os olhos de Ígor. Este parecia nada compreender, nada lembrar. "Está com vergonha" – pensou o sr. Nazarie –, "assim como eu."

Só então Simina adentrou a sala de jantar. Apressou-se em sentar-se na cadeira à direita de dona Moscu, após o que imediatamente fitou todos os presentes com um olhar em círculo.

– Por onde andou a senhorita? – perguntou Ígor.

– Fui ver se tinha chegado correspondência...

Sanda deu um largo sorriso. Ela deveria levar uma bronca. Não diante dos hóspedes, claro, mas um dia ela deveria ser repreendida por todas as mentiras inúteis que costumava contar...

Ergueu os olhos do prato, um pouco assustada. Alguém comia com tanto apetite que o barulho das mandíbulas dominava todo o aposento. Como se de repente um silêncio incomum houvesse se abatido sobre a sala e nada se ouvisse além da agitação das mandíbulas. Dona Moscu comia. Sanda empalideceu. Várias vezes, dona Moscu esquecia-se completamente de si durante as refeições e comia com apetite, embora nunca houvesse chegado a tal voracidade. Ninguém mais falava. Todos a ouviam, embaraçados.

– *Maman!* – gritou Sanda.

Dona Moscu continuava a comer, com o queixo quase apoiado no peito. Sanda inclinou-se por cima da mesa e gritou mais uma vez, sem resultado. "Vai passar mal", pensou ela, aterrada. O sr. Nazarie olhava espantado, com o rabo do olho. Só Simina parecia sossegada, como se nada anormal estivesse acontecendo.

Apoiou levemente a mão sobre o braço de dona Moscu e lhe disse:

– Sonhei essa noite com a titia Christina, mamãe!

Dona Moscu parou de mastigar, surpresa.

– Sabe que eu também tenho sonhado com ela sem parar de umas noites para cá? Sonhos tão estranhos...

Pousou a faca e o garfo corretamente, na borda do prato, e se virou para os hóspedes. O sr. Nazarie estremeceu ao pressentir o gesto; temia deparar com um rosto que acabara de despertar da inconsciência (pois de outra maneira não poderia explicar a barbárie com que dona Moscu mastigava, poucos minutos antes). Teve, porém, uma verdadeira surpresa ao encontrar uma expressão calma e inteligente. É claro que dona Moscu nem se lembrava mais – se é que por acaso percebera – da recente cena constrangedora.

– O senhor achará graça, senhor professor – disse ela –, mas devo confessar que os sonhos são o meu segundo universo.

– Não acho graça absolutamente, prezada senhora – apressou-se o sr. Nazarie em dizer.

– Mamãe, porém, entende esse segundo universo de outra maneira – interveio Sanda, feliz por terem passado com elegância por tão penoso incidente. – De todo modo, diferente do significado das palavras.

– Estaria muito interessado em saber – disse o sr. Nazarie. – Essas coisas são sempre fascinantes.

Dona Moscu aprovou, balançando a cabeça com fervor.

- Vamos falar sobre isso - sussurrou ela. - Mas não agora, claro. - Voltou-se rapidamente para Simina. - Como foi o sonho, Simina?

- Ela veio até minha cama e me disse: "Só você me ama, Simina!". Estava com o vestido rosa, e a sombrinha...

- Ela sempre vem assim - disse dona Moscu, emocionada.

- Falou também de Sanda - acrescentou Simina -, "Sanda começou a me esquecer. É uma senhorita crescida agora". Foi assim que ela falou. E tive a impressão de que chorava. Pediu que eu lhe estendesse a mão para beijá-la.

- É assim que ela faz - disse dona Moscu. - Pede a mão ou o braço para beijar.

Todos escutavam calados. Sanda sorria com sarcasmo, olhando furtivamente para a irmã. "Tenho de desacostumá-la de uma vez por todas desse mau hábito", pensou. Em seguida, prorrompeu bruscamente:

- Por que está mentindo, Simina?! Tenho certeza de que você não sonhou com ninguém, muito menos com a titia Christina.

- Não estou mentindo - respondeu Simina, serena. - Foi assim que ela disse. Lembro-me muito bem do que ela falou de você: "Sanda começou a me esquecer". Fitei os olhos dela naquele instante e parecia que chorava...

- Mentira! - repetiu, mais alto, Sanda. - Você não sonhou coisa nenhuma!

Simina olhou para ela surpresa, direto nos olhos, como de hábito. Em seguida, sua boca severa arredondou-se num sorriso irônico.

- Talvez não tenha sonhado mesmo - disse ela baixinho, e virou-se para a mãe.

Sanda mordia os lábios. Agora era também atrevida, não tinha mais medo nem dos hóspedes. Olhou, então, como se pela primeira vez, para Ígor, e uma onda ardente de amor a penetrou. Que bom não estar sozinha, ter ao seu lado alguém que poderia amá-la, que a poderia ajudar.

- Mas como é que a nossa pequena Simina conhece a tia Christina? - perguntou, em meio ao silêncio, o sr. Nazarie. - Presumo que tenha falecido muito jovem...

Dona Moscu virou rapidamente o rosto para o professor. O sr. Nazarie jamais a vira tão entusiasmada. A emoção, a impaciência, as recordações apagaram-lhe até mesmo o inerente sorriso. Ígor a fitou com admiração e com certo temor - pois os seus olhos estavam líquidos, sua luz assumindo por vezes a densidade anormal de uma lupa.

- Ninguém conheceu Christina - disse dona Moscu depois de um longo suspiro. - Nem Sanda, nem Simina. Sanda nasceu no primeiro ano da guerra, nove anos depois da morte de Christina... Mas temos um retrato em tamanho natural de Christina, pintado por Mirea*. As crianças a conhecem daquele retrato...

Deteve-se bruscamente, com a cabeça baixa. O sr. Nazarie tentou quebrar o silêncio. Seria realmente desconfortante calarem-se todos.

- Morreu jovem?... - perguntou ele.

- Tinha só vinte anos - disse logo Sanda, para evitar a resposta de dona Moscu. - Era uns sete anos mais velha que mamãe.

Mas dona Moscu parecia nada ouvir. Continuou falando, com voz mais baixa, prestes a se abandonar à sua costumeira exaustão:

- Morreu no meu lugar, pobrezinha. Tinham me mandado para Caracal** com o meu irmão, e ela ficou na fazenda. Isso foi em 1907***. E a mataram...

- Aqui? - perguntou o sr. Nazarie, sublinhando com medo a palavra.

- Tinha vindo de Bălănoaia até aqui - interveio Sanda. - Naquela época, a fazenda era extensa, sabe, antes da expropriação... Mas é muito difícil entender... Pois todos os camponeses gostavam dela...

Ígor começou a se sentir inconveniente. Já ouvira uma vez a mesma história, mas não daquele jeito. Alguns detalhes descobria agora pela primeira vez, ao passo que outros - muito mais significativos - haviam sido omitidos. Procurou os olhos de Sanda e encontrou a mesma troca de olhares preocupados, translúcidos, entre dona Moscu e Simina. Como se tivessem medo de que se acrescentasse algo.

- Tomemos o café na varanda - disse num ímpeto Sanda, levantando-se da mesa.

- Não duvido de que tenha sido um duro golpe - o sr. Nazarie achou por bem consolar a anfitriã.

Mas dona Moscu balançou a cabeça muito afetuosamente, como se lhe houvesse sido dirigido um agradecimento banal, como costumam fazer todos os hóspedes ao se levantarem da mesa.

* * *

---

* Provável menção ao pintor romeno George Demetrescu Mirea (1852-1934), promotor do academicismo na pintura e célebre retratista. (N. T.)
** Localidade na Oltênia, sudoeste da Romênia. (N. T.)
*** No ano de 1907, eclodiu na Romênia a maior revolta camponesa da Europa no século XX, provocada por falta de terras agrícolas e pelas condições precárias de existência. Foi uma explosão sangrenta que terminou com milhares de mortos entre camponeses, latifundiários e forças de repressão. A tragédia foi um dos motivos geradores da reforma agrária de 1921, que extinguiu o latifúndio, transferindo para os camponeses a maior parte das terras. (N. T.)

O café foi servido na varanda. Começava uma tarde cristalina de setembro; o céu estava improvavelmente azul e as árvores pareciam ter crescido imóveis desde os primórdios do universo.

"Poderia tentar agora", pensou Ígor. De fato, ao passar pela sala de jantar, ele sentira bem próxima a coxa de Sanda. Agarrou-lhe então o braço, amistoso, e a moça, trêmula, deixou-se subjugar. A emoção e a expectativa bem conhecidas atravessaram-na até ele. O corpo dela se juntou ao seu por alguns instantes, para em seguida separar-se bruscamente – e, nesse gesto de susto, Ígor entreviu as mais firmes esperanças. Mas tinha de tentar mais vezes, falar com ela. Aproximou-se dela, com a xícara de café na mão:

– O que vai fazer esta tarde, senhorita Sanda?...

– Vou pedir sua permissão para acompanhá-lo ao jardim, para vê-lo pintar – disse a moça, sorrindo.

Ígor deu risada. Ao preparar uma resposta em gracejo, deparou com a expressão severa de Simina ao seu lado. A menina o fitava atenta, esforçando-se em compreender algo que ocorria sem o seu conhecimento.

– Senhor Ígor – ouviu-se a voz de dona Moscu –, o senhor viu o retrato de Christina? Disseram-me que é o melhor trabalho de Mirea.

– Se é que Mirea pode ter feito algum bom trabalho... – acrescentou o pintor, com ironia.

– Por que fala assim antes de vê-lo? – perguntou Sanda, nervosa. – Tenho certeza de que vai gostar...

Ígor não compreendeu a rispidez de sua voz. Permaneceu com a xícara de café na mão, entre as duas irmãs.

Não sabia mais o que dizer. "Cometi uma gafe" – disse para si mesmo. "Quando se quer seduzir uma filha de boiardo, não se deve ser intransigente em arte. Os critérios estéticos não são sempre os melhores..."

– Qualquer pintor medíocre é capaz de uma obra-prima caso consiga, por um instante, esquecer-se de si mesmo – afirmou categoricamente o sr. Nazarie.

– Mirea foi um grande pintor – disse dona Moscu. – Mirea foi um dos ápices da arte romena. A nação pode orgulhar-se dele...

O sr. Nazarie enrubesceu, embaraçado. Mais ainda quando dona Moscu se levantou repentinamente e convidou todos, com um gesto derrotado, a ver o quadro. Nem Sanda nem Simina estavam mais calmas. "Tudo o que se refere à senhorita Christina assume para elas um caráter sacrossanto" - pensou Ígor. "No fundo, esse sentimento não é medíocre. Amar e santificar uma morta, mesmo nos seus ícones mais triviais." Lembrou-se de *Daphne Adeane**. "Vou falar disso com Sanda" - planejou ele, reconfortado. "É bonita a atitude de Sanda; seu amor e seu orgulho pela tia Christina é algo esplêndido." Em pensamento, Ígor desculpava até mesmo a pequena Simina. São criaturas da elite, sensibilíssimas. Comportei-me como um brutamontes.

- Está um pouco bagunçado por aqui - disse Sanda ao abrir a porta maciça, branca. - É um salão que não costumamos utilizar...

Foi a primeira coisa em que todos repararam. A atmosfera fechada do aposento cheirava a anafa. Parecia mais fresco, mas de um frescor melancólico e artificial. Ígor procurou seu companheiro. O sr. Nazarie caminhava devagar, tentando se desculpar com sua modéstia, empenhando-se em não fazer barulho, em não ser notado. Atrás do professor vinha Simina. Vinha por último. Tinha o rosto iluminado por uma emoção solene, que lhe emprestava uma palidez feminina, incomum numa face de criança. "São de fato extraordinariamente sensíveis essas moças", disse Ígor consigo.

- Senhorita Christina! - exclamou dona Moscu. - Era assim que todos por aqui a chamavam...

O sr. Nazarie foi tomado por uma sensação de terror, como se uma garra lhe penetrasse o peito. Senhorita Christina sorria no retrato do pintor Mirea, fitando-o em cheio. Era uma moça muito jovem, envergando um vestido longo, de cintura alta e estreita, com cachos negros soltos sobre os ombros.

- Que tal, senhor pintor? - perguntou Sanda.

Ígor permanecera longe do quadro. Esforçava-se em compreender de onde brotava, em seu espírito, tanta melancolia e cansaço diante dessa donzela que o fitava nos olhos, sorrindo-lhe com familiaridade, como se o houvesse escolhido, e só ele dentre todos os presentes, para falar de sua infinita solidão. Uma imensa saudade e muita tristeza pairavam nos olhos da senhorita Christina. Em vão sorria-lhe com familiaridade, em vão apertava a sombrinha azul; com uma sobrancelha sorrateiramente erguida, ela o convidava a rir do chapéu demasiado grande e ornamentado, que ela, naturalmente, não suportava, mas fora obrigada a usar porque assim exi-

---

* Romance escrito em 1926 pelo escritor britânico Maurice Baring (1874-1945), em torno de uma personagem misteriosa, homônima, retratada num quadro. (N. T.)

gira sua mãe ("Não convém a uma senhorita posar sem estar perfeitamente vestida!"). Senhorita Christina sofria em sua imobilidade. "Teria percebido que haveria de morrer em breve?", perguntou-se Ígor.

– Então gosta – acrescentou Sanda, triunfante. – Se não diz nada, é porque gosta...

– Com tal modelo, só era possível uma obra-prima – disse Ígor, tranquilamente.

Os olhos da senhorita Christina luziram mais pérfidos por um instante. Ígor levou a mão à testa. Que estranho cheiro naquele aposento. Não teria sido o quarto dela? Com o rabo do olho, mirou a outra parede. Embora dona Moscu lhe houvesse dito que era um salão, encontrava-se ali, no canto, um imenso leito, branco, com baldaquim. Ergueu mais uma vez o olhar para o retrato. Senhorita Christina acompanhava-lhe os movimentos todos. Ígor era capaz de ler muito bem os seus olhos; ela o vira notando a cama e não enrubesceu; pelo contrário, continuava fitando-o firme, de certo modo desafiadora. "Sim, este é o meu quarto de donzela e aquela é a minha cama, meu leito virginal" – assim pareciam-lhe falar os olhos da senhorita Christina.

– Que tal, senhor professor? – perguntou de novo Sanda.

O sr. Nazarie permanecera estupefato desde o momento em que deparara com os olhos do retrato. No início, parecera-lhe ver de novo a alucinação da noite passada, aquele rosto embaçado que se aproximara, à mesa, dos ombros de dona Moscu. O terror o empedernira. Mas Simina o despertou do espanto, passando ao seu lado e fitando-o com admiração e desconfiança.

– É algo extraordinário – disse o sr. Nazarie, sério. Tranquilizara-se. Uma tranquilidade incomum, um início de desmaio. Um cheiro estranho pairava no aposento; não de morto, nem de flores funerárias, mas de juventude interrompida, interrompida e conservada ali, entre quatro paredes.

Uma juventude de muito tempo atrás. Como se o sol não houvesse passado por aquele quarto e o tempo nada houvesse consumido. Nada parecia renovado ou modificado desde a morte da senhorita Christina. Esse cheiro era o da sua juventude, restos miraculosamente guardados de sua água-de-colônia, dos vapores de seu corpo. Agora o sr. Nazarie compreendia todas aquelas pequenas e estranhas coisas. Admiravam-no a facilidade com que as compreendia e a rapidez com que as aceitava.

– ... Algo realmente extraordinário – acrescentou ele, olhando de novo para o quadro.

Mas não era a mesma alucinação da sala de jantar. Uma enorme semelhança, claro. Senhorita Christina parecia-se muito com dona Moscu, parecia-se também com Simina. Mas seu rosto podia ser contemplado com calma. Só nos primeiros instantes é que ele o havia assustado. Naquele momento, parecera-lhe rever a alucinação. Apenas impressão sua; pois *a outra* difundia um terror desesperado, que o retrato não continha. O cansaço e a tristeza do aposento vinham de outras camadas e dialogavam de outra maneira com o espírito.

- Gostaria de tentar pintar esse quadro - disse Ígor -, mas pintá-lo segundo a minha interpretação, não realizar uma cópia...

Sanda aproximou-se dele e prendeu o braço ao seu, assustada.

- Que bom que mamãe não ouviu - sussurrou ela.

Ígor falara bem alto, mas dona Moscu, sentada na poltrona coberta por um tecido branco, nada ouvira, como de costume. Dona Moscu verificava o aposento com seu olhar. A vida pulsava diferente ali. Ali dentro o seu pensamento sempre ganhava asas, embora não naquele espaço concreto, nem no tempo presente. Ao vê-la de soslaio, sentada na poltrona, Ígor compreendera: dona Moscu sempre retornava ali, naquele aposento, para os acontecimentos de outrora.

- ... Que bom que não o ouviu, pois ela realmente teria passado mal - acrescentou Sanda, ainda sussurrando. - Ela não deixa quase ninguém entrar aqui. Hoje é uma exceção. Além disso, tem mais uma coisa...

Mas Simina se aproximara bastante deles. Aproximava-se agora também do sr. Nazarie, provavelmente para lhe dizer que era o momento de se retirar.

- ...Mas a titia Christina adoraria ser retratada mais uma vez - disse Simina. - Como é que você sabe que a mamãe não gostaria?!...

- Simina, você sabe terrivelmente demais - disse-lhe Sanda, cúmplice, fitando-a direto nos olhos.

Ela em seguida deu-lhe as costas e aproximou o corpo do de dona Moscu.

- Mamãe, já ficamos tempo suficiente. Temos de ir embora...

- Vocês me permitiriam ficar mais um pouco? - pediu ela. Sanda concordou com um balançar ríspido da cabeça.

- ... Com Simina - pediu de novo dona Moscu.

- Sobretudo com ela - sorriu Sanda.

Desprendeu o braço do de Ígor. Ígor e o sr. Nazarie a seguiram. Não se olharam no início mas, assim que chegaram à varanda, foram incapazes de evitar por muito tempo o olhar um do outro. Ígor acendeu um cigarro depois de estender a tabaqueira ao professor. O sr. Nazarie recusou com um sorriso.

- Não acho que seja *a mesma coisa*, prezado mestre – disse o sr. Nazarie.

Naquele instante, Sanda se aproximou. O vigor e a severidade de alguns minutos antes desapareceram do seu semblante. Sanda era agora de novo a senhorita caprichosa e disponível.

- Estamos prontos para trabalhar, senhor Ígor?

O sr. Nazarie alegrou-se em poder se retirar num momento neutro.

IV

Ígor não trabalhou nada naquela tarde. Levara o cavalete para diversas alamedas, fixando-se em vários cantos do jardim. No fim, escondeu seus utensílios debaixo das raízes de um olmo. E foi passear com Sanda.

– Num dia como este, é um sacrilégio trabalhar!

Em seguida, perguntou-lhe quantos poemas sobre o outono ela conhecia. Perguntara mais para provocá-la, mas acabou tendo de ouvi-la, para sua surpresa – e nem sempre com a melhor das disposições –, recitar um poema após outro. Ele queria chegar mais depressa às intimidades, talvez até às confissões. Era assim que Ígor se preparava para o amor. Mas o outono que os rodeava era maravilhoso demais para ele se permitir uma coragem vulgar. Os poemas, entretanto, eram numerosíssimos. O tempo passava imperceptível. Ele teria de dar um passo adiante. Decidiu-se por chamá-la pelo nome.

– Sanda, o que você acha do Nazarie?

– Acho que é um hipócrita – respondeu Sanda sincera, como se não houvesse percebido a intimidade de Ígor. – Já percebeu como ele muda rápido de expressão? Ele jamais se parece consigo mesmo…

Ígor começou a dar risada. Realmente se deliciara com a resposta. E depois, ao mesmo tempo, desviou a conversa para um plano mais acessível. Já se podia rir, já se podia brincar. No fim da alameda, ele a agarrou pela cintura. Ela ainda se dirigia a ele, talvez para provocá-lo, com "senhor Ígor".

Logo, porém, teriam de retornar. Era a hora do chá. Simina os aguardava diante da varanda, caminhando absorta com o olhar sobre o cascalho. Dona Moscu, na varanda, lia um romance francês. O sr. Nazarie se desculpara, anunciando que viria apenas para o jantar. Tinha ido ao vilarejo, pesquisar algumas mamoas.

Tomaram o chá com calma, só Sanda e Ígor falavam. Simina parecia pensativa. Foi a primeira a se levantar, após dobrar o guardanapo e juntar as migalhas no prato.

– Aonde você vai, Simina? – perguntou Sanda.

– Vou ver a babá – respondeu a menina, sem se virar.

Sanda a acompanhou com o olhar até ela desaparecer entre as árvores.

– Não gosto nada dessa amizade – dirigiu-se a dona Moscu. – A babá a confunde com toda espécie de contos de fada...

– Foi o mesmo que eu disse tantas vezes a ela – defendeu-se dona Moscu.

– O que é que a babá conta para ela? – perguntou Ígor.

– Os mais absurdos contos de fada – disse Sanda, cansada e nervosa.

– Agora é a época dos contos de fada – interrompeu-a Ígor. – Ela só tem nove anos. Tem o direito de viver no folclore...

Sanda o fitou entediada. Pareceu querer dizer-lhe mais alguma coisa, mas se contentou com poucas palavras.

– Os contos de fada da babá pertencem a um folclore muito estranho...

* * *

Ígor conseguiu se convencer naquela mesma noite da estranheza do folclore da babá. Havia saído para passear pelo jardim, ver o pôr do sol no campo. Apoiara-se numa acácia, contemplando o mergulho do globo incandescente, "longe e não muito longe". Lembrou-se do verso popular com grande prazer. "Só um tal verso pode realmente descrever um pôr do sol na planície" – pensou ele. "E como todo o universo se petrifica, por alguns instantes, depois da submersão do sol! E, depois, como o silêncio se anima estranhamente! Se ao menos houvesse menos mosquitos", disse consigo, acendendo um cigarro para se defender.

O cigarro não tinha gosto algum naquele frescor que exalava poeira e ervas. Atirou-o ao chão e pôs-se a caminhar lentamente em direção à casa. Entrou no jardim pelo portão lateral. Do lado esquerdo, estendiam-se os pátios, os anexos e as hortas de legumes. Ígor se perguntou quem cuidava das tarefas domésticas, quem vigiava e pagava os criados, quem vendia as safras. O marido de dona Moscu morrera fazia alguns anos; sua cunhada tinha uma fazenda do outro lado do país. Talvez um administrador, um capataz deixado como herança...

Acendiam-se as lamparinas. "Ali ficam as cozinhas e os aposentos dos criados", pensou Ígor. Uma série de pequenos quartos brancos enfileirados, com uma varanda acanhada. Passavam mulheres, uma ou outra criança contemplava, encabulada e perplexa, o casarão. Um aroma fresco de feno, vacas e leite. "Haverá de ser uma noite esplêndida", pensou Ígor, erguendo a cabeça para o céu alto e límpido.

- Não tem medo de cachorros?

A voz viera tão inesperada que Ígor deu um passo para trás. Ao seu lado surgiu Simina. "Como pôde andar imperceptível pela trilha até surgir furtivamente bem atrás de mim?"

- Mas você não tem medo de passear sozinha por aqui? - perguntou Ígor.

- Fui ver a babá - respondeu Simina, tranquila.

- Desde aquela hora em que foi embora?

- A babá estava atarefada, fiz-lhe companhia...

- E ela lhe contou contos de fada, não é?

Simina deu um sorriso opressivo. Com a mão tirou um espinho do vestido, endireitando em seguida as pregas. Demorava de propósito para responder.

- Isso o senhor sabe pela Sanda. Mas é verdade. Todo dia a babá me conta uma história nova. Ela conhece muitas...

- Hoje deve ter sido uma história bastante comprida, já que você se demorou até agora.

Simina sorriu de novo, com a mesma timidez calculada. Ao encontrar seus olhos, Ígor teve a incômoda sensação de cair numa armadilha, de que na sua frente agia uma mente astuta e afiada, e não a de uma criança.

- A história foi curta, mas a babá ocupou-se do pagamento das pessoas, como de costume...

Pronunciou as últimas palavras arrastando-as, chamando propositadamente a atenção de Ígor para elas. Era como se soubesse da perplexidade anterior dele e quisesse, casualmente, esclarecê-lo. Ígor sentiu-se de súbito inquieto. A menina adivinhava seus pensamentos, lia-os sem que ele soubesse. Sublinhara com tanta delicadeza algumas palavras, para em seguida calar-se, olhando para o chão...

- Uma história curta mas bonita - acrescentou ela.

Era fácil perceber que esperava ser indagada, esperava que Ígor pedisse que lhe contasse. Ígor tentou resistir a essa tentação cuja origem desconhecia. Simina calou-se confusa, esperando. Diminuiu o passo intencionalmente.

- Conte para mim - pronunciou Ígor, no final das contas.

- É a história do filho de um pastor de ovelhas que se apaixonou por uma imperatriz morta - pôs-se a contar Simina, calmamente.

As palavras soaram tão estranhas nos seus lábios de criança que Ígor estremeceu.

- Que história feia e absurda! - exclamou ele, de súbito, ríspido. - Sanda tem razão.

Simina não se deixou intimidar pela explosão de Ígor. Esperou a revolta arrefecer, para recomeçar com o mesmo tom de voz.

- A história é assim. Foi esse o destino do filho do pastor...

- Você sabe o que é o destino de alguém?

- Destino, sorte ou ventura - respondeu prontamente Simina como se estivesse na escola. - Cada pessoa nasce com uma estrela, com a sua fortuna. É assim...

- Talvez tenha razão - acrescentou Ígor, sorrindo.

- Era uma vez um filho de pastor de ovelhas - pôs-se depressa a dizer Simina, antes que ele a interrompesse. - E, ao nascer, as fadas madrinhas lhe disseram: "Que ames uma imperatriz morta!". Sua mãe ouviu e pôs-se a chorar. Uma das fadas compadeceu-se da tristeza dela e acrescentou: "Mas a imperatriz vai te amar também!"...

- Você faz questão de me contar essa história até o fim? - interrompeu-a Ígor.

Simina olhou-o admirada. Um olhar inocente e contudo gélido, depreciativo.

- Foi o senhor que pediu que eu lhe contasse...

Atormentou-o em seguida com um silêncio teimoso. Encontravam-se no meio da alameda principal. Ao longe, vislumbravam-se as lamparinas dos aposentos do pátio. O casarão, do outro lado, dilatara-se cinzento no ar desbotado do anoitecer.

- Você não conhece uma história mais bonita? - perguntou Ígor a fim de quebrar o silêncio. - Por exemplo, a história que a babá lhe contou ontem, ou anteontem...

Simina pôs-se a sorrir. Suspirou profundamente, como se evitasse olhar para o colosso à direita deles, o casarão. Mantinha a cabeça rija.

- A história de ontem é comprida demais, e a de anteontem não é história, é um fato verídico, com a senhorita Christina...

Ígor estremeceu e sentiu-se de repente aterrorizado. Não por causa da escuridão que bruscamente se fizera, sobretudo ali, por entre as árvores. Simina parecia ter parado ali de propósito. Seus olhos, de pupilas dilatadas, cintilavam, enquanto sua cabeça mantinha-se anormalmente tesa. Ígor se assustara com a voz de Simina ao pronunciar aquelas últimas palavras. Ela costumava saber sublinhar as palavras, emprestar-lhes conscientemente determinado significado, implantá-las no coração como um ferro incandescente.

– Por que você a chama de "senhorita Christina"? – perguntou Ígor, enraivecido. – Até agora você se referia a ela como "titia", pois afinal ela é sua tia...

– Ela pediu que a chame de "senhorita", que eu não diga mais "titia", para não envelhecê-la...

Ígor conteve-se com dificuldade; sentiu uma fúria indescritível contra aquela criaturinha que mentia tão desavergonhadamente, com uma perfídia tão diabólica.

– Quando ela pediu isso? Como pode alguém que morreu há quase trinta anos lhe pedir alguma coisa?!

Sua voz era severa, seu olhar, violento, mas Simina continuava sorrindo. Que prazer ela sentia diante de um homem enfurecido, de um homem tão grande e forte contra ela, que ainda nem completara dez anos de idade...

– Pediu-me essa noite, em sonho...

Por um instante, Ígor hesitou, embaraçado. Mas quis ir até o fim, compreender o que se escondia na mente daquela criança assustadora.

– Entretanto, hoje, no salão, eu ouvi você dizendo "titia Christina".

Na verdade, Ígor nem se lembrava mais ao certo do que ouvira. Mas a segurança dela o espantava, seu sorriso vitorioso. Ia conversar sem falta com Sanda, com dona Moscu até. Sentia-se de certo modo ridículo, no meio da alameda, na escuridão, tentando enrolar uma menina. Fez menção de virar bruscamente a cabeça na direção do casarão e realizar ele o primeiro gesto de retorno. Então, a menina se arremessou aos seus braços, apavorada, gritando. Ígor se assustou ainda mais com os gritos e a levantou. Simina agarrou-lhe as bochechas, mantendo o rosto dele junto ao seu.

– Tive a impressão de que alguém vinha de lá... – sussurrou.

Apontou para a outra margem do jardim. Obrigou Ígor a olhar para lá, olhar por muito tempo, para acalmá-la.

– Não tem ninguém, menina – disse-lhe Ígor, confiante. – Você se assustou sozinha... Mas como não se assustar, se todo dia você ouve um conto de fadas absurdo?...

Mantinha-a ainda nos braços, acariciando-a. Que estranho, o coração dela não batia assustado. E o seu corpo estava calmo, caloroso, cordial. Nenhum ataque de febre, nenhuma gota de suor. Seu rosto estava sereno, sóbrio. Ígor compreendeu de imediato que fora enganado, que Simina fingira assustar-se e pulara nos seus braços só para evitar que ele dirigisse o olhar para o casarão. Ao compreender isso, foi tomado por uma fúria misturada com terror. Simina sentiu na hora a mudança na musculatura de Ígor, no seu pulso...

- Ponha-me no chão, por favor - sussurrou. - Já passou...

- Por que você mentiu, Simina? - perguntou Ígor, com uma fúria gélida. - Você não viu coisa nenhuma, não é? Você não viu nada, pelo menos *desse* lado...

Apontou com o braço para a borda do jardim. Mas, sentindo que o braço ainda tremia, logo o recolheu. Não rápido o bastante para que Simina não o observasse. A menina fitou-o sorridente, sem responder.

- ... Talvez você tenha visto algo do *outro* lado - continuou Ígor.

Não olhava, porém, para o casarão. Dissera "outro" sem se voltar, sem apontar com o braço estendido, como fizera antes para a borda do jardim. Ficou ainda mais irritado com a forma que Simina parecia adivinhar até mesmo os seus mais ocultos receios e dúvidas.

- Algo que você não quis que eu visse - acrescentou Ígor.

Estava morto de medo. Simina, diante dele, com as mãos para trás, espremia os lábios para não rir. A zombaria, entretanto, não conseguiu diluir no coração de Ígor o incompreensível terror que o invadira.

- Pode se virar sem medo - disse Simina, convidando-o com um gesto da mão a olhar para o outro lado. - O senhor é homem, não pode se assustar... como eu - acrescentou, olhando para o cascalho.

Dirigiu-se em seguida, bruscamente, para o casarão. Ígor partiu atrás dela, com os dentes cerrados, ofegando inquieto e inflamado.

- Fique sabendo que eu vou delatá-la, Simina! - ameaçou.

- Eu já esperava por isso, senhor Ígor - respondeu Simina sem se virar. - Por favor me perdoe se, ao me assustar, pulei nos seus braços. Mamãe dificilmente vai me perdoar uma falta de educação como essa. O senhor tem toda a razão em me delatar...

Ígor agarrou-lhe o braço e puxou-a para si. Ela se abandonou sem resistir.

- Você sabe muito bem que se trata de *outra coisa* - sussurrou ele, aproximando-se e pronunciando as palavras com solenidade.

Mas era-lhe difícil dizer do que se tratava. Só de uma coisa ele sabia: que Simina não se assustara e que o obrigara a olhar para o outro lado do jardim para não ver *aquilo* que ela vira... Mas ela, por que não se assustara?

- É verdade, me assustei sem motivo - disse Simina.

Chegaram diante da varanda. Até então, Ígor costumava subir ao quarto para lavar as mãos antes da refeição. Dessa vez, deixou para trás essa complicação. Entrou na despensa ao lado da sala de jantar, onde as crianças lavavam as mãos. O sr. Nazarie o aguardava na soleira da porta.

- Se não tiver o que fazer hoje à noite, vamos passear um pouco - disse ele, aproximando-se. - Quero lhe contar alguns fatos interessantes que descobri no vilarejo...

- Eu também tenho a lhe contar algo igualmente interessante - acrescentou Ígor, sorrindo.

Agora, claro, já tinham passado, como num passe de mágica, o terror e a fúria que sentira no jardim. Até mesmo lamentava ter-se enervado com uma criança. "Simina esconde coisas ainda mais graves" - pensou ele consigo-, "devo proceder com muito cuidado." Não foram, porém, esses pensamentos cautelosos que o tranquilizaram, mas a luz que encontrou no casarão, a presença de gente viva e saudável ali dentro.

Sentaram-se à mesa. De vez em quando, Ígor lançava um olhar para Simina. Encontrava invariavelmente os mesmos olhos inocentes, a mesma segurança bem escondida. "Acha que não vou dizer, que não vou traí-la", pensava Ígor. Preparou bem a surpresa. Sanda estava ao lado dele, parecia meio cansada.

- Não me senti muito bem hoje - desculpou-se ela.

O sr. Nazarie falou sobre as observações que fizera, sobre as mamoas e as dificuldades das escavações aleatórias. Não detinha mais, porém, a verve e o entusiasmo de outrora. Falava mais para mostrar de que maneira passara o dia e para impedir que o silêncio recaísse em definitivo.

- Sabem que Simina me contou uma história que ela ouviu hoje da babá? - pôs-se Ígor a falar.

Sanda foi subitamente tomada por um rubor e se virou para a irmã.

- Mas eu soube que a babá nem esteve aqui durante a tarde, que foi fazer compras em Giurgiu - disse Sanda. - Simina, você vai receber um castigo severo!...

Ígor não sabia mais para quem olhar. Dona Moscu despertava lentamente de seu costumeiro torpor.

- Como é que fica a nossa história de hoje, senhorita Simina? - perguntou Ígor, malicioso.

Naquele instante, ele percebeu a intensidade da volúpia de se vingar de uma criança, de torturá-la enquanto está dominada. Simina, porém, o fitava com tanto desprezo que a fúria de Ígor se reacendeu.

- É uma história que conheço faz tempo - respondeu ela, cuidadosa.

- Então, por que você mentiu? - perguntou Sanda.

- Responda sem receio, minha rica - interveio dona Moscu. - Não tema o castigo. Se você errou, diga com coragem.

- Não tenho medo do castigo - disse Simina, tranquila -, mas também não posso responder...

Fitou os olhos de Sanda com a mesma segurança e serenidade exasperantes. Sua irmã estourou:

- Por enquanto, você vai para a cama sem sobremesa e vai se levantar já desta mesa. Sofia vai levá-la para o quarto...

Simina pareceu perder a graça por um instante; empalideceu. Apertou os lábios, buscou a ajuda de dona Moscu. Mas dona Moscu deu de ombros, sorrindo. Simina, então, se levantou, readquirindo seu sorriso depreciativo e, após dizer "boa noite", beijou dona Moscu na face e foi para o quarto.

- Lamento muito pela nossa mocinha - disse o sr. Nazarie. - É tão bondosa e tão pequena... Talvez não merecesse tal castigo.

- Eu também lamento, pois sei como ela é sensível - disse Sanda -, mas ela tem de parar com essa mania de ficar mentindo...

Dona Moscu aprovou, balançando a cabeça. A cena, contudo, não lhe fizera bem, pois mal soltou uma palavra até o fim da refeição.

- Agora você se convenceu do tipo de histórias que ela costuma ouvir - acrescentou Sanda, dirigindo-se a Ígor.

O pintor sacudiu os ombros, como se houvesse se horripilado. Perguntou-se, porém, se Sanda compreendia o que estava acontecendo com a irmã.

- O mais grave - disse Ígor - é que tenho a impressão de que ela não ouve todas essas histórias. Muitas são inventadas por ela mesma...

Ao pronunciar essas palavras, ele percebeu ter cometido uma gafe. Sanda o fitou petrificada, severa.

V

A sós, Ígor e o sr. Nazarie se dirigiram ao portão. Caminharam por muito tempo sem que nenhum deles pronunciasse uma palavra sequer. De repente, o sr. Nazarie tomou coragem:

– Você se incomodaria se eu perguntasse algo muito íntimo? Por exemplo, se você está realmente apaixonado por Sanda?...

Ígor hesitou. Estava menos surpreso com a pergunta indiscreta do professor do que atrapalhado com a resposta que deveria dar. Sinceramente, nem ele sabia se estava *realmente* apaixonado por Sanda, como sublinhara o sr. Nazarie em sua pergunta. Gostava muito da moça. Uma aventura, até mesmo um caso, isso ele buscava com alegria. Sanda se harmonizava bem com sua arte, com suas ambições inconfessas. Seria difícil responder com sinceridade.

– Vejo que vacila – continuou o sr. Nazarie. – Não quero julgar de outra maneira o seu silêncio, e achar que o magoei com minhas palavras de certo modo brutais... Mas, se você não estiver sinceramente apaixonado pela senhorita Sanda, eu o aconselharia a sair daqui o mais rápido possível. Nesse caso eu faria o mesmo, iria embora, talvez amanhã mesmo, antes de você...

Ígor interrompeu o passo, procurando compreender melhor as palavras do professor.

– Aconteceu algo tão grave? – perguntou ele, quase sem voz.

– Por enquanto, nada. Mas não gosto desse casarão, não gosto nem um pouco.

É um lugar amaldiçoado. Isso eu senti desde a primeira noite. Não há nada de bom por aqui. Nem mesmo esse jardim artificial, jardim de acácias e olmos plantados por gente...

Ígor pôs-se a gargalhar.

– Nada grave até agora – disse ele. – Vou até acender um cigarro com calma...

O sr. Nazarie fitou-o admirado enquanto ele o acendia.

– Esse cigarro podia ao menos fazê-lo lembrar – continuou. – Já se esqueceu da cena embaraçosa da noite passada?

– Quase que sim. Hoje aconteceu, porém, algo que me fez lembrar dela. Já vou lhe dizer...

– Vejo que está apaixonado e não quer ir embora. Não posso culpá-lo de nada. Mas temo que será muito difícil, muito difícil... Você ao menos acredita em Deus, reza para Nossa Senhora, faz o sinal da cruz à noite, antes de dormir?

– Nunca.

– Pior ainda. Pelo menos isso deveria aprender...

– Mas, enfim, o que é que você descobriu de tão grave no vilarejo?

– Nada. Sinto, porém, como essa casa me oprime, e eu nunca me engano nessas coisas. Não quero fazer disso um motivo de orgulho, mas não me engano. Vivi por muito tempo sozinho, próximo à terra, isso antes de começar as escavações. Sou quase, quase filho de camponês. Meu pai era sargento da polícia militar num vilarejo perto de Ciulnița. Não importa que eu não tenha mais cabelo e seja professor universitário. Eu sinto muito bem essas coisas. Também sou uma espécie de poeta; só escrevi versos no liceu, mas continuei sendo poeta...

Ígor ouvia admirado essa loquacidade nervosa e incoerente do sr. Nazarie. O professor se afundava sozinho num oceano de palavras, de lembranças e sentimentos, do qual não lograva mais sair. No início, seu discurso era decidido e calculado. Imperceptivelmente, porém, um início de delírio aqueceu-lhe as palavras. E a voz, cada vez mais sufocada, o fôlego cada vez mais precipitado. "Por que ele está me dizendo tudo isso? Para desculpar sua partida, para prepará-la?"

– Senhor professor – interrompeu-o Ígor, calmo –, você está com medo de *algo*...

Sublinhou sem querer a palavra, assim como fizera, algumas horas antes, ao falar com Simina. E, ao acentuá-la, ele mesmo sentiu um arrepio estranho, absurdo, percorrendo-o de uma ponta à outra da espinha.

- Sim, sim - balbuciou o sr. Nazarie. - Estou com medo. Mas isso não tem importância...

- Eu acho que tem - disse Ígor, mais para si. - Somos adultos plenamente capazes, mas estamos perdendo o equilíbrio... Quero lhe dizer desde já que não tenho a intenção de ir embora.

Gostou da voz, forte e segura, com que pronunciara a última frase. A decisão insuflou-lhe mais coragem e autoconfiança. Gostou de ouvir. "Enfim, não somos crianças"...

- Não sei em que medida estou apaixonado pela senhorita Sanda - acrescentou com o mesmo tom viril -, mas eu vim até aqui para passar um mês inteiro e é isso o que vou fazer. Mesmo se for para desafiar os meus nervos...

Pôs-se a rir, sem muito sucesso. Era solene o que dissera.

- Parabéns, meu jovem - disse o sr. Nazarie, efusivo. - Não quero porém que você ache que, de tanto medo, eu tenha perdido o juízo. Mas, julgando bem as coisas, eu não o aconselharia a ficar. Acrescento: não aconselharia nem a mim mesmo, pois ficarei também eu.

- Seria embaraçoso ir embora assim, de repente...

- Não seria o primeiro hóspede a partir dois dias depois - disse o sr. Nazarie, olhando para o chão. - Descobri coisas tristes e estranhas, meu jovem, no vilarejo...

- Não me diga mais "meu jovem" - interrompeu-o o pintor -, chame-me de Ígor.

- Então é assim que vou chamá-lo - aquiesceu o sr. Nazarie, sorrindo. (Sorria pela primeira vez naquela noite.) - Sabe - continuou, olhando de novo em derredor para se convencer de que ninguém os ouvia -, essa história da senhorita Christina não cheira nada bem. Essa bela senhorita não honrou muito a família. As pessoas falam um monte de coisas...

- Assim são os camponeses - disse Ígor, categórico.

- Eu os conheço melhor - continuou o sr. Nazarie. - Não é tão fácil inventar uma lenda, ainda mais com tantos detalhes odiosos. Pois são realmente detalhes odiosos... Você seria capaz de imaginar que essa filha de boiardo mandava o capataz chicotear os camponeses na frente dela, até jorrar sangue? E ela lhes arrancava a camisa... e quantas outras coisas... Andava, aliás, com o capataz, todo o vilarejo sabia. E ele se transformou numa fera, de uma crueldade doentia, inimaginável...

O sr. Nazarie se deteve. Era-lhe impossível contar tudo o que ouvira, tudo o que lhe cochicharam as pessoas no bar e depois na rua, enquanto o acompanhavam até o jardim. Sobretudo o detalhe dos frangos, cujo pescoço a senhorita quebrava enquanto ainda vivos, era-lhe impossível repetir. Mesmo que não pudesse acreditar em tudo, eram detalhes selvagens, que lhe gelaram o sangue nas veias.

— Quem diria!... — disse Ígor, pensativo. — Pelo seu rosto, ninguém suspeitaria que tivesse tal espírito. Mas talvez não seja tudo verdade. Já se passaram trinta anos, as pessoas esquecem e costumam mitificar tudo...

— Talvez... De todo modo, a memória da senhorita Christina permanece viva no vilarejo. Até hoje as crianças se assustam ao ouvir o seu nome. Ademais, a morte dela, a morte dela nos dá o que pensar. Pois não foram os camponeses que a mataram, mas o capataz com quem vivia já fazia alguns anos (é de admirar que o demônio se debatia dentro dela para que enveredasse pelo caminho da devassidão e da crueldade aos dezesseis, dezessete anos). E o capataz a matou de ciúme. As revoltas haviam começado e...

O sr. Nazarie se deteve, embaraçado. Não ousava contar o resto da história. Parecia-lhe realmente demoníaco demais, desumano demais o gesto da senhorita.

— Não pode continuar? — sussurrou Ígor.

— Claro que posso... Mas é arrepiante. As pessoas contam que vieram camponeses de outras fazendas e que ela os convidava, de dois em dois, ao seu dormitório, para repartir a fortuna. Dizia que queria repartir sua fortuna, com papel assinado, só para que não a matassem... Na verdade, ela se deixava seduzir por todos, um de cada vez. Ela mesma os incitava. Recebia-os nua, deitada no tapete, de dois em dois. Até que o capataz veio e deu um tiro nela. Vangloriou-se de sua façanha por todo o vilarejo para, em seguida, ser ele mesmo assassinado à chegada do exército; parte das pessoas foi fuzilada, outras, como sabe, foram condenadas a trabalhar em minas de sal... O caso não se tornou público. Mas a família, os parentes, os amigos de então ficaram logo sabendo.

— Inacreditável — sussurrou Ígor.

Acendeu mais um cigarro. Estava nervoso, emocionado.

— Uma mulher dessas deixa marcas numa casa. Por isso é que me sinto oprimido, inquieto, abatido... E ainda por cima nem encontraram o corpo dela para enterrar — acrescentou o sr. Nazarie depois de uma breve pausa, em que parecia se perguntar se deveria revelar mais esse detalhe.

— Devem tê-lo atirado em algum lugar, num poço abandonado — disse Ígor —, ou talvez, quem sabe, o tenham incinerado...

- Talvez... - sussurrou o sr. Nazarie, pensativo. - Embora os camponeses não costumem incinerar cadáveres...

Parou de falar e olhou em derredor, tensionado, amedrontado. As árvores do jardim permaneciam distantes. Ali abria-se o campo, sulcado em alguns pontos, mergulhado numa distância sombria. O horizonte não se via em parte alguma; só um entrelaçado absurdo de sombras.

- Não é o lugar mais apropriado para falarmos de "cadáveres" - disse Ígor.

O sr. Nazarie meteu as mãos nos bolsos, nervoso. Pareceu nem ter ouvido a observação de Ígor. Desenvolvia um pensamento ou talvez hesitasse em completar as revelações. Engolia o ar como de costume, com a boca bem aberta, com o rosto transtornado. Apesar de tudo, estava se sentindo tão bem naquela noite fresca, sem árvores ao seu redor, sem a lua lá em cima...

- De qualquer modo, o desaparecimento da senhorita Christina é muito estranho - retomou o sr. Nazarie. - As pessoas dizem que teria se transformado em vampiro*...

Falou com grande naturalidade, sem o mínimo tremor na voz. Ainda olhava para cima, para o céu. Ígor se conteve, tentando sorrir.

- Espero que você também não acredite nisso - disse ele com certa ironia no tom de voz.

- Jamais me debrucei sobre esse tipo de problema - respondeu o sr. Nazarie. - Não sei se devo ou não acreditar num tal horror... na verdade, nem interessa...

Ígor apressou-se em apoiá-lo:

- Também acho a mesma coisa.

Sabia que estava mentindo, que estava dizendo algo completamente diferente do que queria dizer, mas sentia que, naquele momento, tinha de acreditar no mesmo que o sr. Nazarie.

- ... Não é, porém, menos verdadeiro o fato de que todos esses acontecimentos produziram mudanças na casa e na família Moscu - acrescentou o sr. Nazarie. - Não me sinto mais bem lá... Talvez tudo o que tenha lhe dito agora sejam apenas invenções do vilarejo, mas eu sinto a mesma coisa, algo me oprime ali...

---

* No original, *strigoi*, termo empregado pela mitologia popular romena à alma de uma pessoa - morta ou viva - que se transforma durante a noite em animal ou aparição fantasmagórica, estorvando quem encontrar pela frente. Tendo em vista que, da rica plêiade de criaturas mitológicas romenas, o vampiro é o mais - se não o único - conhecido no Brasil, optei por essa tradução. (N. T.)

Estendeu o braço na direção do jardim. Naquele instante pareceu-lhe ver tantas coisas assombrosas, que pôs-se de novo a falar, mais rápido, mais precipitado, perdendo o fôlego.

"O medo está tomando conta dele", percebeu Ígor. Espantava-se com sua própria lucidez; embora estivesse tão perto do sr. Nazarie, de uma pessoa tomada mais uma vez pelo medo, ele era capaz de observá-lo com toda a calma, podendo até mesmo analisá-lo. Não ousou, porém, olhar na direção do jardim. Por um instante, o braço estendido do sr. Nazarie o assombrara mais que todas as suas palavras assustadas. Talvez estivesse vendo alguma coisa lá, pensou Ígor; talvez o mesmo que vira Simina... E, apesar de tudo, ainda estava lúcido; apenas uma levíssima inquietação arrepiava-lhe a alma.

– Não precisa ter medo! – disse de repente, interrompendo a efusão do sr. Nazarie. – Pare de olhar para o casarão...

O sr. Nazarie não queria ou não podia ouvi-lo. Permanecera com os olhos pregados na direção do jardim. Olhava mergulhado numa crispação absoluta, esperando...

– E, apesar de tudo, algo está vindo de lá – disse ele.

Ígor também virou a cabeça. Revelou-se-lhe imediatamente a sombra do jardim, distante, densa. Não havia nada lá. Não se via nada; apenas um brilho miserável do lado esquerdo, onde ficavam as casas.

– Não está vindo ninguém – disse ele, encorajado.

Naquele momento, ele ouviu um uivo que lhe gelou o sangue nas veias. Um uivo de cachorro louco; lúgubre, infernal. Em seguida, puderam-se ouvir os gemidos bem de perto. Um rumor surdo, de fera rechaçada, com fôlego excitado. Da escuridão, arremessou-se entre os seus pés um cão enorme, cinzento, de orelhas curvadas, tremendo e latindo. Atirava-se aos pés deles abanando o rabo, enrolando a cabeça em seus tornozelos, lambendo-lhes as mãos, suspirando. Vez ou outra, erguia-se do chão e punha-se a uivar. O mesmo uivo de horror, incompreensível.

– Ele também se assustou – sussurrou Ígor, acariciando-o. – Ele também se assustou, pobrezinho...

Mas lhe fazia bem senti-lo ali, entre os seus pés – um animal quente, vivo, forte. Fazia-lhe bem, naquele campo aberto de todos os lados – e de novo fechado, longe do círculo embaçado das margens.

VI

Ígor teve, naquela noite, um de seus sonhos costumeiros, desinteressantes e muito pouco dramáticos. Amigos do tempo de academia, parentes, viagens sem sentido, diálogos desprovidos de lógica. Dessa vez, sonhou que estava em alguma cidade da França, num quarto que não era o seu, escutando - encostado à porta - a conversa entre um professor seu e um jovem desconhecido.

Falava-se sobre uma recente exposição de pintura e sobre baús.

- Gosto de baús carregados, cheios de coisas escondidas, estranhas, exóticas - pôs-se a dizer o jovem desconhecido. - Sempre fico emocionado ao vê-los assim, fechados, em armazéns ou plataformas, portando consigo quem sabe que carga ou que tesouro entre suas paredes de madeira...

Logo às primeiras palavras, Ígor entendeu. O desconhecido que falava era, na verdade, seu amigo Radu Prajan, morto há muito tempo, num estúpido acidente de trânsito. Reconheceu-o pela voz e pela emoção com que falava sobre os baús. Era assim que Prajan falava quando ainda estava vivo; gostava dos óleos e das tintas pelos seus cheiros fortes e complexos, cheiros "técnicos", "sintéticos", por aqueles cheiros que o faziam lembrar de caixas, de baús, de tudo o que é trazido de longe, de um porto exótico ou de uma fábrica... Mas como ele estava diferente agora, Radu Prajan... Não fossem sua voz e suas palavras, Ígor não poderia tê-lo reconhecido. O seu cabelo estava comprido, tão comprido que às vezes parecia formar tranças por cima dos ombros. A cada movimento da cabeça, os cachos lhe esvoaçavam na direção do rosto, quase cobrindo-lhe as orelhas. Falava ininterruptamente com o professor, sem prestar atenção em Ígor. A impaciência de Ígor aumentava a cada palavra pronunciada. "Mas ele está morto" - pensava ele consigo. "Prajan está morto há muito tempo. Talvez por isso evite virar-se para mim e me reconhecer. E deixou crescer esse cabelo comprido, de mulher, justamente para não ser reconhecido."

Bem naquele instante, porém, de súbito, com um gesto assustado, Prajan virou-se para Ígor, aproximando-se dele com um só passo.

- Como estamos falando agora de você - disse ele rápido -, tenha muito cuidado, pois você está em grande perigo...

- Sim, entendo - sussurrou Ígor. - Sei o que quer me dizer...

Agora, sim, eram os olhos de Prajan. Sua figura começava a se assemelhar com a de antes, a verdadeira. Só que o cabelo era grande demais, anormal e repugnantemente comprido para um homem...

- Eu também tenho cuidado - acrescentou Prajan, chacoalhando os cachos. - Veja, ninguém pode me fazer nada debaixo desta capa...

Na verdade, Prajan agora estava longe, como se estivesse mais alto, pois Ígor alçava a mão na sua direção sem conseguir atingi-lo. Via-o perto de si, mas o *sentia* afastado, alto, inacessível. E, naquele instante, compreendeu também que Prajan se distanciara de medo, como se rechaçado por uma força invisível. Ao lado de Prajan, estavam agora o professor e mais alguns desconhecidos - todos assombrados por algo que ocorria diante de seus olhos, algo que ocorria talvez até mesmo atrás de Ígor, que só via, com perplexidade, o horror e o brusco distanciamento deles. Ao redor de Ígor, os objetos se embaçavam, se apagavam. O medo começava a tomar conta dele também. Virou a cabeça e deparou com o corpo da senhorita Christina ao seu lado. Ela lhe sorria como no quadro do pintor Mirea. Mas parecia estar vestida de outra maneira; com um vestido azul, franjado, muito rendilhado. Portava luvas negras, compridas, que tornavam seus braços ainda mais alvos.

- Saiam daqui! - ordenou a senhorita Christina, franzindo o cenho e erguendo vagarosamente o braço na direção de Prajan.

Ígor sentiu uma terrível tontura ao ouvir sua voz. Ela se distinguia de todas as outras vozes que se ouviam no sonho. Parecia vir *de fora*, de outro mundo - e Ígor balançava como se estivesse se preparando para despertar. Senhorita Christina, porém, agarrou-lhe o braço e sussurrou-lhe ao pé do ouvido:

- Devagar, meu querido, não se assuste. Você está em seu quarto, no *nosso* quarto, meu amor...

De fato, o cenário se transformou subitamente. A ordem da senhorita Christina afastou as sombras, afastou o rosto modificado de Prajan, derreteu as paredes do quarto alheio. Ígor olhou em derredor, pasmo. Procurou a porta à qual ficara encostado minutos antes. Tudo desaparecera inexplicavelmente. Encontrava-se em seu quarto; reconhecia estarrecido cada objeto. Uma luz estranha, que não era nem diurna, nem luz de lamparina.

- Há quanto tempo o espero - sussurrou de novo a senhorita Christina -, há quanto tempo espero um homem como você, jovem e bonito...

Tanto se aproximara que Ígor sentiu um insuportável perfume de violeta envolvendo-o. Quis dar um passo para trás, mas Christina agarrou-lhe o braço e o reteve.

- Não fuja de mim, Ígor, não tenha medo por eu estar morta...

Ígor não tinha medo de conversar com uma morta, mas o embaraçava sua aproximação calorosa demais, o perfume demasiado forte de violeta, sua respiração tão *feminina*. Senhorita Christina estava emocionada, impaciente - pois respirava como uma mulher exaltada quando próxima de um homem.

- Que bonito você é, que pálido - acrescentou Christina.

Inclinou-se tão insistente em sua direção que Ígor não tinha mais para onde se retrair. Mergulhava a cabeça no travesseiro, era tudo o que podia fazer. Pois só agora percebera que estava dormindo em sua própria cama, e que a senhorita Christina se inclinava sobre ele, tentando beijá-lo. Esperava sentir, aterrorizado, os lábios dela tocando-lhe a boca ou a face. Mas Christina se contentou em aproximar bem a face da dele, e só.

- Não, eu *não quero* você - sussurrou ela -, não vou beijá-lo assim... Tenho medo de mim mesma, Ígor...

Retraiu-se de repente, deteve-se a poucos passos da cama e o fitou demoradamente. Parecia lutar consigo, tentando dominar um impulso cego, poderoso. Mordia os lábios. Ígor se admirava em estar tão tranquilo junto a uma morta. "Que bom que todas essas coisas estão acontecendo num sonho" - pensou...

- Mas não acredite em tudo o que lhe disse Nazarie - continuou a senhorita Christina, aproximando-se de novo da cama. - Não é verdade, eu não fiz o que as pessoas falam de mim... Não fui um monstro, Ígor. Não me interessa o que os outros acham; mas não quero que você acredite nos mesmos disparates. Não é verdade, está me entendendo, meu querido?! Não é verdade...

Com que clareza ressoavam aquelas palavras no quarto. "Só espero que ninguém escute e ache que dormi esta noite com alguma mulher", pensou Ígor. Naquele instante, porém, relembrou que tudo aquilo estava acontecendo durante um sonho – e se tranquilizou, sorrindo.

– Como você é bonito quando sorri – disse Christina, sentando-se na beira da cama.

Arrancou lentamente uma luva e a atirou por cima da cabeça de Ígor, na mesinha ao lado. O aroma de violeta era agora mais intenso. "Que mau gosto perfumar-se em excesso..." Ele sentiu de repente o calor de uma mão acariciando-lhe o rosto. Todo o sangue se lhe esvaíra das veias; a sensação do calor daquela mão – um calor anormal, desumano – era aterradora. Ígor quis gritar de terror mas, sem encontrar forças, sua voz extinguiu-se na garganta.

– Não se assuste, meu amor – sussurrou Christina. – Não vou fazer nada. *Com você* não vou fazer nada. Só quero amá-lo...

Falava baixo, devagar, por vezes com muita melancolia na voz. Fitava-o insaciável, faminta. Apesar disso, seus olhos vítreos deixavam-se por vezes ensombrecer por uma infinita tristeza.

– ... Vou amá-lo como jamais um mortal foi amado – acrescentou Christina.

Fitou-o por alguns instantes, sorrindo. Em seguida, sua voz se fez ouvir novamente, mais melodiosa, mais ritmada:

Mă dor de crudul tău amor
A pieptului meu coarde,
Şi ochii mari si grei mă dor,
Privirea ta mă arde...

Desde o primeiro verso, Ígor sentiu uma incompreensível inquietação que o dominava. Já ouvira tantas vezes aquelas palavras. Agora lembrava-se bem: Eminescu, "Luceafărul"*. E, pouco antes, a senhorita Christina citara Eminescu também. "Seu poeta favorito naquela época", pensou Ígor.

---

* Mihai Eminescu (1850-1889) é considerado o poeta nacional romeno. Seu poema mais célebre, "Luceafărul" (Vésper), foi publicado pela primeira vez em 1883 em Viena. A estrofe mencionada por Eliade, conforme a tradução de Luciano Maia em *Dois poetas do espaço miorítico* (Fortaleza, EUFC, 1998), assim soa: "Doem-me por teu cruel amor/ do peito meu todas as fibras./ Pesa em meus olhos muita dor,/ ardo de amor quando me miras". (N. T.)

– Não tenha medo, Ígor, meu amor – disse mais uma vez Christina, erguendo-se da cama. – Não importa o que aconteça, não tenha medo de mim. Com você vou me comportar de outra maneira, de outra maneira... O seu sangue é valioso demais, meu querido... Daqui, do meu mundo, virei até você toda noite; no início, *dentro do sono*, Ígor, e depois nos seus braços, meu amor... Não tenha medo, Ígor, confie em mim...

Naquele instante, Ígor despertou. Lembrava-se com uma precisão tremenda de cada detalhe do sonho. Não estava mais assustado. Todo o seu ser estava alterado como se depois de um grande esforço. O que o impressionou primeiro foi o perfume forte de violeta. Esfregou os olhos, passou inúmeras vezes a mão no rosto, mas o perfume persistia, entontecendo-o. Deparou de repente, ao seu lado, com a luva negra da senhorita Christina. "Não despertei do sonho" – pensou consigo, assustado. "Tenho de tentar fazer alguma coisa para despertar. Vou enlouquecer se não despertar." Espantava-se com a lucidez de seu raciocínio. Nutria uma extraordinária esperança de despertar. Sentiu, porém, sua mão na testa; surpreendeu-se apalpando-se. Não estava dormindo, portanto; não estava sonhando. Mordeu com força o lábio inferior. Sentiu dor. Naquele mesmo instante, quis pular da cama e acender a luz. Mas vislumbrou, a dois passos de distância, em pé, imóvel, a conhecida silhueta da senhorita Christina. A alucinação o imobilizou na cama. Ígor fechou lentamente os punhos, aproximando-os de seu corpo. Ele o sentia. Não havia dúvida; não estava mais dormindo. Tinha medo de cerrar os olhos, mas olhou por alguns instantes para baixo, em seguida olhou de novo para a senhorita Christina. Ela continuava lá, fitando-o vítrea, sorrindo, envolvendo-o no seu aroma de violeta. Pôs-se a se mexer. "Senhor Deus que estais no céu, Senhor Deus!"... Essas palavras brotaram súbitas na mente de Ígor, sabe-se lá de qual oração infantil, e ele as repetiu com a respiração entrecortada. Senhorita Christina se deteve e seu sorriso pareceu tornar-se triste, desesperançoso. Ígor percebeu que ela sabia que ele estava rezando; ela adivinhara tudo. "*Ela sabe que eu acordei* e não vai embora"...

Christina deu mais um passo. Podia-se ouvir o farfalhar do seu vestido de seda com uma clareza extraordinária. Nenhuma nuance, nenhum detalhe passava despercebido. Os passos da senhorita Christina se implantavam no silêncio do quarto com uma segurança perfeita. Passos femininos, suaves, porém vívidos, emocionados. Quando ela se aproximou da cama, Ígor sentiu de novo o seu corpo e a mesma sensação repulsiva de calor artificial. Toda a sua carne se retraiu num espasmo. Senhorita Christina, fitando-o continuamente nos olhos, como se quisesse convencê-lo de sua presença viva e concreta, para além de qualquer dúvida, passou ao seu lado e pegou a luva ao lado da mesinha. De novo o braço nu, o aroma de violeta. E, depois, o tremor da luva que veste a mão, estendendo-se fácil, elegante, até o cotovelo... Senhorita Christina o fitava continuamente enquanto arrumava a luva. Em seguida, com o mesmo passo feminino, gracioso, aproximou-se da janela. Ígor não teve coragem de segui-la com o olhar. Permanecera com os punhos cerrados ao lado do corpo, rígido, coberto por um suor frio, sozinho no escuro. Sentiu-se, pela primeira vez na vida, terrivelmente sozinho, amaldiçoado. Ninguém e nada que viesse do outro mundo poderia chegar até ele, ajudá-lo, salvá-lo...

Não ouviu mais nada por muito tempo. Percebeu que tentava se enganar sozinho, pois *soube* o momento preciso em que a senhorita Christina saíra do quarto. Sentira como desaparecera do espaço sua presença terrificante; sentira isso no próprio sangue, na própria respiração. Continuou esperando, contudo, sem ter coragem suficiente para virar a cabeça na direção da janela. A porta do terraço estava aberta. Talvez tivesse ficado lá, talvez não tivesse partido e estivesse escondida. Sabia, contudo, que temia em vão, que a senhorita Christina não estava mais no quarto nem no terraço.

Decidiu-se de repente. Pulou da cama e acendeu a lanterna elétrica de bolso. Procurou os fósforos, apavorado. Acendeu a lamparina grande. A luz demasiado forte assustou uma grande mariposa, que começou a voar desesperada, chocando-se contra as paredes. Ígor pegou a lanterna de bolso e saiu para o terraço. A noite já estava no fim. Em algum lugar, muito perto dali, a aurora se prenunciava. Pairava uma névoa fria, uma atmosfera paralisada. Nenhuma folha de árvore ondulava. Nenhum ruído de parte alguma. A solidão o fez estremecer de medo. Só naquele instante é que percebeu que, de fato, estava com frio. Desligou a lanterna e entrou no quarto, onde foi golpeado por um forte aroma de violeta.

A mariposa continuava se debatendo, chocando-se, com um barulho surdo, contra as paredes, atingindo às vezes o vidro da lamparina. Ígor acendeu um cigarro. Fumou-o sedento, sem pensar. Em seguida, ergueu-se de novo e fechou a porta do terraço. O sono só aderiu às suas pálpebras à chegada da luz do dia e ao último canto dos galos.

VII

A mulher batia em vão na porta. Estava trancada, e o hóspede não se levantava para abri-la. "Que sono pesado, parece que caiu na farra de madrugada", pensou ela, com um sorriso tímido. Mas o leite esfriava. Olhou para a bandeja cheia, posta na mesinha ao lado. "Talvez o senhor professor consiga acordá-lo..."

Encontrou o sr. Nazarie vestido, pronto para sair. Na soleira da porta, permaneceu envergonhada por alguns instantes; era-lhe difícil dizer por que viera, pedir-lhe que acordasse o sr. Ígor.

- Por acaso você não é daqui deste vilarejo? - perguntou o sr. Nazarie, ao ver que a mulher aguardava, embaraçada.

- Sou da Transilvânia - disse ela, orgulhosa. - Mas o senhor Ígor não quer se levantar. Bati na porta e não me ouve...

- Assim são os artistas, têm sono pesado - disse, mais para si mesmo, o sr. Nazarie.

Mas inquietou-se. Foi ao quarto de Ígor quase correndo. E bateu com tanta força na porta que ele acordou assustado.

- Sou eu - desculpou-se o professor. - Eu, Nazarie...

Ouviu a chave girando. Em seguida, os passos de Ígor, voltando ligeiros para a cama. Entrou no quarto após um intervalo decente. A mulher veio atrás, com a bandeja.

- Estava dormindo profundamente, ao que parece - disse o sr. Nazarie.

- De agora em diante, vou sempre dormir profundamente pela manhã – disse Ígor, sorrindo.

Em seguida calou-se, observando a mulher que punha devagar a bandeja na mesinha. Esperou que ela saísse para subitamente fazer uma pergunta a Nazarie.

- Por favor, me diga, que cheiro há aqui no quarto?

- De violeta – respondeu o professor tranquilamente.

Pareceu-lhe que Ígor estremecia e que seu rosto empalidecera de repente. Tentou sorrir.

- Quer dizer que é verdade – disse ele.

O sr. Nazarie aproximou-se mais da cama.

- ... É verdade – continuou Ígor. - Não foi um sonho, foi mesmo a senhorita Christina...

Sem pressa, sem emoção, ele descreveu os acontecimentos da noite anterior. Ele mesmo se admirou com a precisão com que se lembrava de cada detalhe. Falava com seriedade, interrompendo o discurso com frequência para engolir. Sentia a garganta seca. Estava com sede.

* * *

Antes do almoço, Ígor soube que Sanda adoecera. Não poderia estar junto com todos à mesa. Pediu permissão para vê-la só por alguns minutos. Com essa ocasião, ele poderia desculpar sua partida. Seria mais fácil lhe dizer que não se atrevia mais a permanecer, estando ela e dona Moscu doentes.

- Mas o que aconteceu? - perguntou ele, tentando parecer descontraído, ao entrar no quarto de Sanda.

A moça o fitou triste, lutando por muito tempo com um sorriso que teimava em não brotar. Com o olhar, indicou-lhe uma cadeira. Estava sozinha, e Ígor sentiu-se de certo modo intimidado. No quarto reinava um cheiro feminino, demasiado íntimo e quente. Cheirava a sangue.

- Não estou me sentindo nada bem – sussurrou Sanda. - Ontem à noite sofri de tonturas, dores de cabeça e eis que agora não consigo mais sair da cama...

Fitou-o no fundo dos olhos, com amor e ao mesmo tempo com pavor. Suas narinas tremiam. Suas têmporas estavam muito pálidas.

- ... Não tenho mais forças – acrescentou ela. - Veja, só de falar já fico cansada...

Alarmado, Ígor aproximou-se da cama e segurou a mão de Sanda.

- Mas você não deve se cansar - pôs-se ele a falar, procurando um tom bem-humorado e animador. - Você provavelmente se resfriou e teve uma enxaqueca extenuante. Estive justamente pensando...

Quisera dizer: "Estive justamente pensando que nós, hóspedes, estamos lhe causando cansaço demais, e que deveríamos ir embora". Mas a moça pôs-se de súbito a chorar, abaixando a cabeça.

- Não me deixe, Ígor - sussurrou ela com veemência -, não me deixe sozinha. Só você pode me salvar nesta casa...

Era a primeira vez que ela se dirigia a ele deixando de lado o tratamento cerimonioso. Ígor sentiu uma onda quente de sangue golpear-lhe as faces. Inquietude, felicidade, vergonha de sua covardia?

- Não tenha medo, Sanda - sussurrou ele, aproximando o rosto. - Não vai acontecer nada. Estou aqui ao seu lado e nada vai lhe acontecer...

- Ah, por que não posso lhe contar?...

Naquele instante, Ígor esteve prestes a lhe contar tudo o que sabia, tudo o que o assustara. Mas, ao ouvir o som de passos no corredor, ele saltou para o meio do quarto. Estava agitado, intranquilo. As palavras de Sanda, porém, lhe davam uma infinita autoconfiança, oferecendo-lhe abrigo e proteção.

Dona Moscu entrou como que por acaso no quarto. Não lhe pareceu nada estranho encontrar Sanda doente sob as cobertas e Ígor ali, diante dela.

- Não vai se levantar? - perguntou a ela.

- Hoje não vou me levantar de jeito algum - disse Sanda, tentando falar com calma e com um sorriso. - Quero descansar...

- Os hóspedes a cansaram - disse Ígor, em tom de brincadeira.

- Não é verdade - disse dona Moscu. - Sempre nos dá imenso prazer termos personalidades à mesa. Onde está Simina? - perguntou, depois de uma pequena pausa.

Ígor e Sanda trocaram um breve olhar, ambos enrubescendo como se de um segredo vergonhoso do qual teriam involuntariamente se lembrado.

- Não a vi - disse Sanda.

- Vou procurá-la.

Ígor arranjou assim um motivo para se retirar e retornar mais tarde, na ausência de dona Moscu. Saiu a passos decididos; o olhar mais rígido, o cenho pensativo. Envergonhado de sua covardia. Quisera ir embora e nem ao menos tivera coragem de dizê-lo ao sr. Nazarie. Tinha até pensado em inventar um telegrama urgente, assim como lembrava ter lido, fazia tempo, num livro. A voz e as palavras de Sanda despertaram em sua alma uma fúria obstinada de arriscar, de enfrentar o perigo. Um início de aventura estranha, demoníaca – que ele temia, mas que o atraía como um fruto proibido, envenenado.

Perguntou na sala de jantar. Ninguém tinha visto Simina. Desceu os degraus da varanda e dirigiu-se para o quartinho dos fundos. Teria a ocasião de conhecer a sombria babá. Encontrou-se com a empregada e perguntou-lhe.

– A senhorita foi para o velho estábulo...

Mostrou-lhe, ao longe, um barracão metade em ruínas. Ígor dirigiu-se calmamente até o estábulo, com a mão no bolso, fumando. Não queria dar demasiada importância ao seu encontro com Simina. "Que ninho de bruxas", pensou ao entrar no estábulo. Era um espaço comprido, velho, malcuidado, cheio de rachaduras no teto. Escuridão quase completa. Entreviu Simina justo na outra ponta, dentro de uma caleche antiquada. Ao vê-lo, a menina arremessou rapidamente um pano que segurava na mão e se levantou. Aguardou-o, e Ígor sentiu, pelo seu olhar, que a luta não haveria de ser fácil.

– Por que se escondeu aqui, Simina? – perguntou, fingindo-se alegre e bem-humorado.

– Estava brincando, senhor Ígor – respondeu a menina, sem a mínima hesitação.

– Que brincadeira esquisita! – surpreendeu-se ele, aproximando-se. – Numa carruagem tão velha, toda empoeirada...

Encostou numa lanterna, sem encontrar poeira. Compreendera então o gesto de Simina, o pano que atirara ao vê-lo entrar.

– É uma carruagem muito antiga, mas está limpa – acrescentou ele. – Vejo que gosta dela, cuida dela, limpa...

– Não – defendeu-se Simina –, eu só estava brincando. E estava com medo de me sujar.

– Mas o que você escondia, por que jogou o pano? – perguntou ele rápido, a fim de confundi-la.

– Eu não tinha como dar-lhe a mão com um pano de limpeza – respondeu Simina, tranquila. Deteve-se por um momento, sorridente. – Achei que me estenderia a mão – acrescentou, graciosa, fitando-lhe de novo nos olhos.

Ígor enrubesceu. Cometera uma gafe desde o início.

– De quem foi esta carruagem? – perguntou ele.

- Da senhorita Christina - respondeu Simina.

Seus olhares se encontraram, asperamente. "Ela *sabe*" - compreendeu Ígor -, "sabe o que aconteceu essa madrugada."

- Titia Christina - disse Ígor como se nada houvesse percebido -, pobre senhora! Que caleche velha e obsoleta, como ela mesma, coitada... Em cima dessas almofadas ela costumava passear seus velhos ossos, quando saía para respirar um pouco de ar fresco...

Pôs-se a rir.

- ... Nesta caleche de boiardo ela passeava pela fazenda - continuou ele -, e o vento a fazia morrer de frio, esvoaçando-lhe o cabelo branco... Ou era apenas grisalho? - perguntou de repente, virando-se para Simina.

A menina o escutava com o sorriso irônico de uma infinita compaixão. Quando Ígor se virou para ela, Simina enfrentou-lhe o olhar, tentando esconder o sorriso; como se tivesse vergonha da vergonha dele.

- O senhor sabe muito bem que a senhorita Christina - disse ela acentuando as palavras -, que a senhorita Christina nunca foi velha...

- Nem você nem eu sabemos nada dela - interrompeu-a Ígor com brutalidade.

- Por que fala assim, senhor Ígor? - surpreendeu-se Simina candidamente. - Pois o senhor já a viu...

Seus olhos cintilaram demoníacos, e um sorriso vitorioso iluminou-lhe todo o rosto. "É uma armadilha" - pensou Ígor. "Mas se ela disser mais alguma coisa, vou agarrá-la pelo pescoço e ameaçá-la de morte até confessar tudo o que sabe."

- O senhor viu o retrato dela - acrescentou Simina, depois de uma pausa bem calculada. - Senhorita Christina morreu muito jovem. Era mais jovem que Sanda. Mais jovem e mais bonita.

Ígor permaneceu confuso por alguns instantes; não sabia mais o que deveria dizer para obrigar Simina a se trair e conseguir *perguntar*.

- Não é verdade que o senhor gosta da Sanda? - perguntou Simina de repente.

- Gosto e vou me casar com ela - respondeu Ígor. - E você há de se mudar para Bucareste e ser a cunhadinha que criarei! Aí você vai ver como vão desaparecer todas essas alucinações da sua cabeça!...

- Nunca entendo por que o senhor se enerva comigo - defendeu-se Simina, acanhada.

A ameaça ou, talvez, o tom elevado e viril de Ígor a intimidara. Olhou em derredor com certo temor, como se esperasse receber ajuda. De repente, acalmou-se e pôs-se a sorrir. Fitava fixamente um canto do estábulo. Seus olhos agora eram mais vítreos, mais distantes.

- Em vão você procura - disse Ígor de novo. - Em vão espera... Sua tia morreu faz tempo, já foi devorada pelos vermes e se misturou à terra. Está me ouvindo, Simina?

Agarrou-lhe os ombros e quase berrou as palavras no seu ouvido. Até ele ficou com medo da sua própria voz estrepitosa, das palavras que gritara. A menina estremeceu. Parecia mais pálida, mordia os lábios. Quando ele a largou, ela voltou ao normal. Lançou de novo um olhar contente e fascinado por cima do ombro de Ígor.

- Com que força o senhor me chacoalhou - queixou-se ela, levando a mão à testa. - Estou até com dor de cabeça... É fácil ser forte com crianças - acrescentou mais baixo, como se falasse consigo mesma.

- Quero despertá-la, sua bruxinha - inflamou-se de novo Ígor. - Quero que as alucinações abandonem a sua cabeça, para o seu próprio bem, para a sua própria salvação...

- O senhor sabe muito bem que não são alucinações - disse Simina, dessa vez com um tom desafiador. Saltou da carruagem e passou pela frente de Ígor com infinita dignidade.

- Não tenha pressa, iremos juntos - disse Ígor. - Vim buscá-la. Dona Moscu me mandou procurá-la... Não sabia que iria encontrá-la limpando a poeira de uma caleche de cem anos...

- É de 1900, de Viena - disse Simina sem se virar, calma, caminhando pelo estábulo. - De 1900 até 1935, são exatos trinta e cinco anos...

Chegaram ao portão. Ígor o abriu com um gesto largo, deixando que a menina passasse primeiro.

- Mandou-me buscá-la porque Sanda está doente - continuou ele. - Você sabia que Sanda está doente?

Surpreendeu-o um pequeno sorriso vingativo.

- Não é nada grave - logo acrescentou. - Só está com dor de cabeça e não sai da cama...

A menina não respondia. Caminhavam lado a lado, pelo grande pátio, debaixo do sol frio de outono.

- *À propos* - disse Ígor, antes de chegarem ao casarão -, queria dizer algo que lhe interessa.

Pegou-lhe o braço e abaixou o rosto bem perto dela, para poder cochichar-lhe ao pé do ouvido:

- ... Queria dizer que se alguma coisa acontecer a Sanda, se... está me entendendo?... você estará perdida. Isso, é claro, não vai ficar só entre nós. Pode contar para quem quiser, mas não para dona Moscu. Ela, pobre dona Moscu, não tem culpa alguma...

- Vou contar isso para Sanda, não para mamãe - disse Simina, articulando bem cada palavra. - Vou dizer que não entendo qual o seu problema comigo!...

Tentou liberar o braço. Mas a mão de Ígor cravara-se mais fundo na carne. Ele sentia uma verdadeira alegria ao cravar os dedos naquela carne mole, crua, diabólica. A menina mordia os lábios de dor, mas nenhuma lágrima umedecia seus olhos frios, metálicos. Tal resistência fez com que Ígor perdesse a razão.

- E eu vou torturá-la, Simina, não vou matá-la de uma vez - disse ele num silvo. - Vou esganá-la só depois de arrancar os seus olhos e extrair os seus dentes um a um... Vou torturá-la com um ferro em brasa. Conte isso para os outros, conte para quem quiser... Vamos ver se...

Naquele instante, sentiu uma dor tão violenta no braço direito que largou a menina. Todo o seu corpo perdera o vigor. Seus braços pendiam moles, colados à cintura. E ele parecia não entender onde estava, em que mundo se encontrava...

Viu Simina se sacudindo, pressionando as pregas do vestido e esfregando o braço com as marcas dos dedos dele. Viu-a também se penteando com a mão, arranjando seus cachos e prendendo um coque oculto, que saíra do lugar. Ela não tinha a mínima pressa; era como se ele não existisse mais. Dirigiu-se para o casarão com um passo matreiro, desembaraçado, porém pleno de uma nobre graça. Ígor a acompanhou com o olhar, atônito, até sua pequena silhueta desaparecer na sombra da varanda.

VIII

Após a refeição, o sr. Nazarie e Ígor foram convidados ao quarto de Sanda. Encontraram-na mais esgotada, com as pálpebras violáceas; seus braços, descansando exauridos sobre um xale quente de lã, pareciam muito alvos. Sanda deu um sorriso e fez-lhes sinal de que sentassem. Mas dona Moscu, em pé ao lado da cama, com um livro na mão, continuou lendo:

Viens donc, ange du mal, dont la voix me convie,
Car il est des instants où si je te voyais
Je pourrais pour ton sang t'abandonner ma vie
Et mon âme... si j'y croyais!*

Lera com rara beleza os últimos versos, quase em lágrimas. Fechou o livro com um suspiro.
— O que foi isso? — perguntou o sr. Nazarie, desconcertado.
— O prefácio de *Antony*, o drama imorredouro de Alexandre Dumas, pai — explicou dona Moscu, compenetrada.

---

*   Em francês, no original: "Então vem, anjo do mal, cuja voz me seduz,/ Pois há momentos em que, se eu te visse,/ Por teu sangue poderia entregar a ti a minha vida/ E a minha alma... se eu acreditasse nisso tudo!". (N. T.)

"De qualquer modo, uma leitura que não faz nenhum sentido *agora*" - estava por dizer Ígor. Não gostou nada do verso: *Je pourrais pour ton sang t'abandonner ma vie*... Era de uma ironia demasiado cruel, quase selvagem. E, ainda por cima, aquele suspiro de dona Moscu. Arrependimento? Resignação? Incapacidade?

- Leio-o sem cessar já faz meia hora - disse dona Moscu, orgulhosa. - Gosto de ler em voz alta, como costumava fazer no passado... Sabia milhares de versos de cor...

Sorria. Ígor a fitava, assombrado. Era quase irreconhecível agora; gestos vigorosos, seguros. Já estava havia tanto tempo em pé, junto à cabeceira de Sanda, e ainda não se cansara... Parecia ter renascido milagrosamente; renascido a partir da juventude de Sanda.

- ... Sabia também de Eminescu - acrescentou ainda mais animada dona Moscu -. Versos da obra do maior poeta romeno, Mihai Eminescu...

Ígor buscou o olhar de Sanda. Um assombro abafado ardia nele como uma labareda. A moça o fitou por um só instante. Em seguida, como se temesse trair-se, sussurrou:

- *Maman*, já basta... não se canse... Sente-se também...

Dona Moscu não a escutou. Levou as mãos às têmporas numa batalha com a memória, obrigando-se a reconstruir os célebres versos...

- ... Aqueles versos célebres - disse ela, mais para si mesma -, aqueles versos imorredouros...

Sanda não desistia. Eminescu estava, junto a outros poetas favoritos, na estante, mas ela não queria de jeito algum que o livro chegasse às mãos da mãe. Temia sua paixão doentia por determinados poemas de Eminescu. Ela lhe confessara que, no passado, embora tivesse apenas oito ou nove anos, Christina lhe declamava, nas noites de verão, versos de Eminescu. "Ela vai se lembrar de novo, *agora*", pensou Sanda, terrificada.

... Cobori în jos, luceafăr blând,
Alunecând pe-o rază,
Pătrunde-n casă și în gând
Și viața-mi luminează!...*

---

* Conforme a tradução de Luciano Maia (op. cit.): "Desce até mim, meu meigo astro,/ desce através de um raio brando,/ penetra, assim, o meu pensar,/ a minha vida iluminando!". (N. T.)

Ao primeiro verso, Sanda abaixou a cabeça, deprimida. Um cansaço imenso apossou-se de uma vez de todo o seu corpo. Um turbilhão morno esvaziava-lhe as veias de sangue. Temia desmaiar a qualquer momento.

- ... *Eu sunt Luceafărul de sus,*
Iar tu să-mi fii mireasă!*,

continuava dona Moscu, vitoriosa.

"Mas de onde vinha tanta força física repentina, tanto brilho, tanta melodia na voz?", perguntava-se o sr. Nazarie, desconcertado. Dona Moscu parecia lembrar-se de cada estrofe depois de breves hesitações e encantadoras improvisações. "Ela está pulando algumas estrofes, porém", percebeu Ígor. Ele escutava emudecido, quase sem nenhuma resistência, com os olhos em cima de Sanda, acompanhando os frêmitos de seu corpo debaixo do xale que a cobria. "Tenho de fazer alguma coisa", disse para si. "Tenho de me levantar daqui e me aproximar dela, acariciá-la – não importa o que pense a sua mãe." Apesar do êxtase com que pronunciara aqueles versos, descobrindo-os aos poucos, percebia-se que dona Moscu não escutava mais nada e não via mais ninguém em derredor:

- ...*Căci eu sunt vie, tu eşti mort...***

A voz de dona Moscu interrompera-se de repente, engasgada. Ela se balançava tonta no meio do quarto, deixando-se conduzir pela emoção. Levou de novo as duas mãos ao rosto. Dessa vez, num gesto de dispersão e desconsolo.

– Não sei o que tenho – sussurrou. – Cansei...

O sr. Nazarie a pôs sentada numa cadeira. Teria sido apenas uma ilusão todo aquele entusiasmo, aquela voz plena e robusta de mulher sanguínea?

– Viu, *maman*, se não quer me escutar – disse Sanda num murmúrio quase inaudível.

Ígor se aproximou da cama. Começou a ficar assustado com a palidez da moça, aqueles olhos anormalmente afundados nas órbitas, a pele fria demais, denunciando uma febre que borbulhava nas profundezas.

---

*   De novo nos termos do tradutor Luciano Maia (op. cit.): "Eu sou o luzeiro das alturas,/ vem ser a minha noiva amada!". (N. T.)
**   "Pois eu estou viva, tu estás morto..." Verso de "Luceafărul". (N. T.)

- Vou agora mesmo atrás de um médico - disse ele, tensionado. - Você não está nada bem...

Sanda agradeceu com um sorriso que tentou segurar o máximo que pôde. Mas ele não deveria de jeito algum trazer um médico. De jeito algum *agora*, nesse desencadeamento inesperado de acontecimentos e antigas doenças.

- Não se apresse em me deixar - disse Sanda -, não preciso de médico nenhum... Dentro de algumas horas vou me refazer e amanhã vamos passear no jardim...

Naquele instante, dona Moscu pôs-se de novo em pé, com renovado fervor.

- Agora eu me lembro - disse ela -, me lembro dos mais belos versos de "Luceafărul":

Mă dor de crudul tău amor
A pieptului meu coarde,
Și ochii mari si grei mă dor,
Privirea ta mă arde...

Sanda segurou a mão de Ígor. Tremia. Olhava fixamente, assustada, nos seus olhos. "*Ela também sabe*", pensou Ígor. Surpreendeu-se, no instante seguinte, com sua própria força e serenidade. Agora, não tinha mais medo; ao lado de Sanda, com a mão gelada perdida em seus punhos escaldantes, crispados. Sentia tudo o que ela *sabia*, tudo o que Sanda via para lá dos seus ombros, atrás dele. Não queria se virar, não queria eventualmente romper o fio daqueles olhares horrorizados e paralisados. Dona Moscu se calou, e ao seu silêncio adicionou-se, com mais gravidade, o silêncio incomum do quarto. Ígor era capaz de ouvir como batia o coração da moça. Ouvia, ao mesmo tempo, a respiração pesada do sr. Nazarie. Ele também está *sentindo*, talvez esteja até vendo. É inútil continuar escondendo alguma coisa dele de agora em diante.

- *Maman!* - exclamou Sanda subitamente, com suas últimas forças.

Ígor adivinhou tudo o que Sanda quisera dizer com aquele grito desesperançoso. Uma tentativa de arrancar dona Moscu àquela conversa horrível - inaudível, inconveniente, inumana. "Mamãe, tem gente nos vendo!", parecia dizer o olhar de Sanda. Dona Moscu virou-se para o sr. Nazarie, admirada:

- Por que o senhor se calou de repente, professor?

- Nem falei muito hoje, prezada senhora - desculpou-se o sr. Nazarie. - Estava escutando-a recitar... Invejando sua memória...

Dona Moscu o fitou bem nos olhos, como se procurasse se certificar de que não estava brincando.

– Que memória infeliz, com o livro na mão – disse ela, cansada, pousando o *Antony* em cima dos outros volumes da estante. – Sorte que tenho muitos livros... Veja, trouxe-os para que Sanda tivesse o que ler por vários dias...

Mostrou-lhe, com um gesto da mão, uma pilha inteira. O sr. Nazarie deu uma olhada: *Jean Sbogar, René, Ivanhoe, Les fleurs du mal, Là-bas.*

– Da biblioteca de Christina – ela acrescentou. – Os livros prediletos dela. E meus também, claro...

Deu um sorriso cansado e se dirigiu até a cama de Sanda.

– Mas vocês, por que se calaram? – perguntou, com um espanto ainda mais desconcertado. – Por que vocês também se calaram?

Sanda censurou-a com o olhar. Dona Moscu sentou-se na cama, ao seu lado. Pegou sua mão, que Ígor soltara pouco antes.

– Como você está fria, gelada! – exclamou, estremecida. – Vou lhe trazer um chá... Aliás, já é hora de levantar. O pôr do sol se aproxima. Começam a vir os mosquitos...

"Está delirando", pensou Ígor, com certa inquietude. Olhou para Sanda, tentando adivinhar um conselho, uma exortação. Ele também se petrificara, fascinado por esse início inesperado de delírio.

– Talvez seja melhor irmos embora – ouviu-se a voz seca do sr. Nazarie.

– Não se preocupem – sossegou-os dona Moscu. – Aqui comigo eles não podem lhes fazer nada. Voam por cima da gente e pronto...

– Vocês deveriam tomar quinina – sussurrou Sanda. – Mamãe se refere aos mosquitos. Eles são muito perigosos agora, enquanto o sol se põe...

– Já começaram a vir realmente – ouviu-se de novo a voz seca do sr. Nazarie. – E que estranho, como se reuniram num enxame em frente à janela!... Está ouvindo o zumbido, Ígor?!

Ígor também ouvia; um enxame gigantesco, denso, como jamais vira. De onde irromperam tantos?

– É um sinal da seca – disse de novo o sr. Nazarie. – Seria melhor fechar a janela...

Mas não se moveu. Continuou no meio do quarto, fascinado, os olhos pregados no enxame do lado de fora.

– Não precisa – disse dona Moscu. – Ainda não é o pôr do sol. E, ademais, não há o que temer enquanto estiverem comigo...

Ígor sentiu um calafrio na espinha. Aquela voz seca, neutra, quase irreconhecível, o amedrontava. Uma voz que parecia vir de uma terra de sonho, do além.

- Mas seria bom vocês tomarem quinina, ao menos metade de uma pastilha ao dia - sussurrou, dessa vez bem baixo, Sanda.

Sua voz estremecia. Mas agora, pelo menos, Ígor percebia que ela não *via* mais nada, não sentia mais a presença de ninguém. Virou-se para o professor. Este permanecera paralisado no meio do quarto. Acompanhava um voo invisível, pois seus olhares deslizavam muito acima do enxame. E nem mesmo se protegia dos mosquitos que entravam, aos poucos, no quarto. "Há um cheiro aqui que os atrai" - falou Ígor consigo. "São numerosos demais e vêm justamente para cá. Talvez seja aquele cheiro que me golpeou hoje de manhã" - lembrou-se -, "cheiro de sangue."

Dona Moscu envolveu todos num olhar caloroso, protetor e ao mesmo tempo íntimo.

- Vamos, crianças - disse ela - o pôr do sol se aproxima, vamos fazê-la, se levantar.

Sua voz era vívida, porém ausente. Vinha de longe, de alegrias estranhíssimas, geladas.

- Levante-se, Sanda - disse dona Moscu -, logo, logo anoitece. Você está congelada...

Ígor cerrou os punhos, enfiando com obstinação as unhas na carne. "Tenho de permanecer desperto. Não posso me perder." Tentou apoiar Sanda, mas a moça o recusou devagar, com carinho, e saiu sozinha da cama. Não tremia mais. Procurou os chinelos com grande lentidão.

- Tenho de ir sem falta, *maman*? - perguntou ela, sujeitando-se.

- Mas você não está vendo?! Está na hora - disse dona Moscu.

Ígor segurou-a pelo braço e sussurrou-lhe ao pé do ouvido:

- Fique aqui. O que você quer fazer?!

A moça acariciou seu rosto com a mão, triste.

- Não é nada, Ígor - sussurrou. - Estou fazendo isso pela mamãe, sabe...

Naquele instante, Ígor sentiu uma ponta afiada de agulha atravessando a pele do seu pulso. Num reflexo, deu-lhe um golpe com a mão. Um mosquito esmagado; uma mancha de sangue ao lado. "A besta estava com sede", pensou Ígor.

Ao erguer a cabeça, Sanda deparou com a mancha de sangue. Apressou-se na direção de Ígor e pegou na sua mão.

- Esconda-se - disse-lhe numa rajada -, vá embora, não deixe mamãe ver... Ela passa mal com essas coisas...

Ígor esfregou a mão na roupa, até o sangue desaparecer completamente.

- Por favor, vá embora! – disse Sanda de novo. – Vá e tome o comprimido de quinina...

Sua voz suplicante o fez mais inflexível; esse delírio, cujos limites ele ainda não conhecia, todas essas palavras, cujo significado ele não lograva decifrar.

- Não irei enquanto você não me disser para onde vai – ameaçou-a Ígor.

- Não tenha nenhum receio, meu amor – disse Sanda.

Ígor estremeceu. Relembrou com precisão cristalina, detalhe por detalhe, o acontecimento da noite anterior.

- Não gosta desse meu modo de me dirigir a você? – perguntou-lhe Sanda, entristecida.

Ígor fitou-a nos olhos, tentando trespassá-la, dominá-la toda com a sua vontade, segurá-la para si. Sentia, porém, como lhe escapava, como lhe escorregava dos braços aquela criatura afetuosa e encantadora.

- Não me diga *você*, Sanda, isso, não me diga isso você! – exclamou Ígor.

Sanda pôs-se a choramingar, sem espasmos. "Então é verdade", pensou Ígor consigo...

Dona Moscu se aproximou dos dois, como se não houvesse entendido nada daquelas palavras sussurradas com demasiada familiaridade, nem do choro da moça.

- Se ficarem, vão chupar vocês também – disse-lhes. – E esfriou tanto... Eles hão de chupá-los. Da mesma maneira que aconteceu com as nossas galinhas, nossos gansos, nossas vacas... Com o que restou deles, com o que ainda restou...

Ígor girou a cabeça e respondeu-lhe escandindo as palavras:

- Lamento muito, dona Moscu, mas Sanda tem de permanecer aqui, na cama, até eu retornar com um médico.

Sua voz foi tão contundente, que dona Moscu hesitou, olhando ora para Ígor, ora para Nazarie. Não entendia muito bem – percebia-se bem isso – o que eles estavam fazendo ali, junto ao leito da moça.

- Talvez tenha razão – disse dona Moscu alguns instantes depois. – Vocês dois são acadêmicos, entendem das coisas melhor que eu!... Mas fechem logo as janelas. É a primeira coisa a ser feita, fechem todas as janelas...

Ígor ainda tremia por causa da coragem brutal com que falara. Com as duas mãos ele tentava segurar o corpo de Sanda. A moça se contorcia, resistindo.

- Tenho de sair sem falta – defendia-se ela, sonolenta. – Faço isso pela mamãe, já lhe disse. Não restou mais nada na fazenda... nem aves, nem vacas, nem cachorros!...

O sr. Nazarie também se aproximou, pálido, esfregando as mãos. Em torno dele, um enxame de mosquitos. Podia-se ouvi-los como um rumor entrelaçado, bárbaro e muito distante. Uma melodia opressora, como a febre.

– Largue-me, Ígor – implorava Sanda de novo, perdida. – Senão será pior... Senão não vou mais melhorar...

Ígor começou a tremer. Como é possível que tenha esfriado tanto de repente! Ouvia como os dentes do sr. Nazarie batiam. Via-o ao seu lado, empedernido, com o rosto esbranquiçado, tremendo. Não se defendia dos mosquitos. De vez em quando abanava a cabeça para os afugentar.

– Feche a janela – ordenou Ígor.

O professor se aproximou temeroso das cortinas. Não se atreveu a ir mais longe. Comportava-se ele também como se estivesse num sono estranho, doentio. Apesar disso, entendia claramente tudo o que acontecia ao seu redor! Todos os acontecimentos agora pareciam-lhe cristalinos: aquela carne de carneiro, repulsiva, da primeira noite e as palavras incompreensíveis da empregada, aves que morriam... E aquele cachorro que se arrastava aos seus pés, seus uivos enregelados, sua respiração de bicho perseguido por algo invisível...

– Por que não fecha a janela?! – ouviu-se de novo, imperativa, a voz de Ígor.

Que frio estranho, artificial. Que correntes de ar no aposento onde pairara, pouco tempo antes, o cheiro de sangue da moça...

O sr. Nazarie se aproximou mais da janela. Teve medo de olhar para fora. Um medo estúpido, nervoso, impossível de dominar. Seu braço pôs-se a tremer ao pegar no puxador da janela. Teve a impressão, no primeiro momento, de que uma mulher o olhava do lado de fora, atenta, acompanhando-lhe cada gesto, como se esperasse que algo acontecesse, um gesto grave, decisivo. Ainda estava bastante claro do lado de fora.

Aquela parte do céu estava contudo mais apagada, mais fluida. Era outro espaço, outro firmamento. Ao fechar por um momento os olhos e abri-los bruscamente, o sr. Nazarie surpreendeu-se ao ver Simina, a poucos metros da janela, por entre as flores, fitando-o. Tentou sorrir-lhe. A menina inclinou a cabeça com graça infinita. Mas ao mesmo tempo se traiu. Seus olhos se alçaram alto demais, para acima da janela. "Não esperava me ver" – percebeu o sr. Nazarie. "Esperava *outra pessoa* e não aqui, na janela, mas noutra parte"... Simina logo compreendeu que se traíra. Corou de repente e deu alguns passos na direção da casa, acenando para o sr. Nazarie. Mas o professor fechou a janela, sisudo e calado, com o olhar para baixo. O frio do quarto pareceu-lhe mais opressor. Ficou por algum tempo indeciso, esgotado, junto à janela. Podia agora ouvir o rumor dos mosquitos bem perto dele, envolvendo-o aos poucos, por todos os lados, exaurindo-o. Começou a perceber que estava sonhando, e teve medo. E se nunca mais despertasse daquele sono incompreensível, daquele mundo febril?...

IX

Eram quase dez da noite quando Ígor voltou da estação ferroviária.

Com dificuldade logrou telefonar para um médico em Giurgiu. No médico local, que morava no vilarejo vizinho, não tinha confiança.

O casarão parecia estar agora menos iluminado. Encontrou dona Moscu, o sr. Nazarie e Simina à sua espera na sala de jantar. A mesa estava posta. Uma mulher envelhecida, com um lenço de musselina violeta amarrado na cabeça, realizava tarefas pelo aposento. Ninguém falava. O sr. Nazarie olhava, pálido, para o vazio – como um prisioneiro na hora do banho de sol.

– Sabem, vamos comer muito mal esta noite – disse dona Moscu. – A empregada saiu para resolver umas coisas no vilarejo e não voltou. Não deverá mais voltar... Esta noite seremos servidos pela babá...

Então essa é a babá, pensou Ígor consigo mesmo. Observou-a com mais atenção. Que mulher sem idade, que andar estranho; parece ter-se esforçado a vida toda para mancar e agora tenta andar direito. Às vezes esbarrava nos móveis, sem sentir. Sua cabeça estava coberta quase na totalidade pelo lenço. Podia-se ver seu nariz largo, desfigurado e branco. Podia-se ver sua boca, como uma ferida congelada: azulada, fibrosa. A babá mantinha-se ininterruptamente cabisbaixa.

– ... Teremos, de qualquer modo, polenta com leite e queijo – acrescentou dona Moscu.

Sentaram-se à mesa. O sr. Nazarie estava pasmo e impaciente, como alguém que tivesse acordado de repente.

- Como é que está Sanda? - perguntou Ígor.

Ninguém respondeu. Dona Moscu começou a comer, e, sem dúvida, não ouvira a pergunta. Simina procurava o saleiro, bem-comportada, respeitosa. O sr. Nazarie parecia bastante concentrado.

- Aconteceu-lhe mais alguma coisa? - perguntou Ígor, após um longo momento de silêncio.

- Não. Estava dormindo quando saímos do seu quarto - respondeu o professor. - Pelo menos é o que eu espero... Ou talvez estivesse apenas desmaiada...

Ergueu bruscamente o olhar do prato e fitou Ígor com rispidez.

- Acho que teria sido melhor você ter voltado com o médico.

- Ele virá amanhã de manhã com o primeiro trem - tranquilizou-o Ígor. - Temos de avisar já o cocheiro para preparar a carruagem para amanhã na primeira hora...

Dona Moscu ouvia intrigada, como se não entendesse de quem se tratasse.

- Só temo que em breve não teremos nem sequer cocheiro - murmurou ela, bastante calma. - Hoje ele pediu as contas... Babá, não o pague antes que ele apanhe os hóspedes de amanhã na ferroviária...

- Só o médico virá - disse Ígor.

- Talvez chegue mais alguém - disse dona Moscu, fervorosa. - Afinal, estamos em plena temporada. Setembro. Nos anos passados, nesta época, não tínhamos mais lugar para tantos hóspedes. Havia muita juventude, moças e senhores da idade da Sanda...

Suas palavras, sussurradas com certa melancolia, tornaram mais desesperada a solidão do aposento.

- ... Este ano também houve muitos hóspedes - disse Ígor, tentando quebrar o silêncio.

- Mas partiram tão cedo - continuou dona Moscu. - Mas deve chegar mais alguém... Quem sabe algum parente nosso.

Simina sorriu. Ela sabia que já havia muito tempo nenhum parente vinha mais até Z.

- Agora não seria o momento mais apropriado para visitas - disse Ígor. - Sanda se encontra gravemente doente...

Dona Moscu pareceu só então se lembrar de que sua filha não se encontrava à mesa, junto a eles, mas deitada na cama, exausta. Procurou-a em derredor com os olhos até convencer-se de que não se enganava. Sanda não estava ali.

- Preciso ir vê-la - disse ela, erguendo-se subitamente da mesa.

Simina permaneceu tranquila na cadeira. Parecia não se importar com ainda haver hóspedes à mesa, pois começou a brincar com a faca, cortando fatias finíssimas de polenta no prato.

- Por que você conta para ela histórias tão feias, babá? - perguntou Ígor, virando a cabeça.

A babá estacou no meio da sala, surpreendida por aquela voz nada familiar que se dirigira a ela inesperadamente, ao mesmo tempo lisonjeada pelo fato de um jovem e belo boiardo dirigir-lhe a palavra. Fazia muito tempo que ela só falava com os empregados. Jamais entrava nos casarões na presença de hóspedes.

- Não contei a ela, senhorzinho, nenhuma história - disse ela sem hesitar -, pois eu mesma não conheço nenhuma. É a senhorita que as conta para mim...

Tinha uma voz opaca, como se fosse feita de vários pedaços. Ígor lembrou-se de repente da voz de uma velha vendedora de galinhas de uma célebre peça de teatro de quinze anos antes. Mas a voz da babá não se parecia com nada. Nem os seus olhos, de um azul apodrecido, que mantinha dirigidos para baixo, fixos e úmidos. Seriam olhos de uma cega, caso a babá andasse com a cabeça rígida e erguida.

- ... A nossa senhorita, que conhece todos os livros - acrescentou a babá, arreganhando os dentes.

"Agora ela quer sorrir", percebeu Ígor, horrorizado. Aterrorizavam-no também aqueles olhos, dos quais podia-se esperar toda espécie de olhar. Não o seu brilho entupido, fermentado, que traía um repugnante apetite feminino. Ígor sentia-se desnudado e lambido pelos olhares famintos da babá. Enrubesceu subitamente e virou a cabeça. O asco e a vergonha fizeram-no esquecer quase completamente a pergunta que fizera à velha. Despertou-o, porém, o riso de Simina. A garota apoiara a nuca no espaldar da cadeira e ria a não poder mais, seus dentes cintilando à luz demasiado forte da lamparina.

- Que mentirosa! - conseguiu dizer ela entre gargalhadas.

Era um riso que humilhava sanguineamente os dois homens. A babá também sorria, por trás das cadeiras. "Estão brincando conosco" pensou Ígor. "Sobretudo Simina. Ela sentiu também o significado dos olhares da babá. Isso também ela sabe, isso também ela entende!"...

Simina fingiu esforçar-se em dominar o riso, levando o guardanapo à boca, beliscando-se. Mas olhava ininterruptamente para a babá, de soslaio, e o riso irrompia toda hora, sufocando-a, fazendo-a lacrimejar. No final das contas, ela pegou a faca de cima da mesa e pôs-se a cortar o ar com gestos rápidos e curtos. Como se tentasse fazer outra coisa, dirigir sua atenção para outro lugar a fim de se acalmar.

- Pare de brincar com a faca - disse o sr. Nazarie -, senão você afugenta seu anjo da guarda!...

Falou inesperadamente, mas a frase foi ríspida, contundente, como se houvesse sido arremessada após uma longa reflexão. Simina perdeu a alegria na hora. Ergueu os ombros, como se envolta pelo frio. Sua face se tornou anormalmente pálida. Seus olhos cintilavam, mas de fúria, de ódio impotente. "O professor deu-lhe um belo golpe" - pensou Ígor, animado. "Se pudesse, essa bruxinha nos queimaria vivos agora"... Fitava-a direto nos olhos, não podendo se opor à fascinação da força que descarregara a humilhação de Simina.

O sr. Nazarie observou que a babá olhava admirada na direção da porta. Ao virar a cabeça, viu dona Moscu crispada, pensativa, hesitante.

- Que curioso! - exclamou dona Moscu. - Sanda não está mais no quarto... Pergunto-me para onde poderia ter ido!...

Ígor e o sr. Nazarie saltaram ao mesmo tempo das cadeiras e saíram correndo para o quarto de Sanda sem pronunciar uma só palavra.

- Se ao menos tivéssemos uma lanterna boa - sussurrou Ígor enquanto corria -, uma lanterna de bolso...

Naqueles instantes ele não podia pensar noutra coisa senão na lanterna, tão prática, que não estava com ele.

No quarto de Sanda reinava a escuridão. Ígor acendeu um fósforo e procurou a lamparina. O pavio estava seco, frio. Suas mãos tremiam um pouco. Tremia também a chama amarelada, envolta em fumaça.

- Não deveríamos tê-la deixado sozinha - disse o sr. Nazarie. - Não sei mais o que pensar!...

O professor exclamara com bastante sinceridade, mas Ígor não retrucou. Pôs o abajur no lugar e puxou o pavio com atenção. Quando a chama aumentou, Ígor ergueu a lamparina e fez menção de sair do quarto. Pareceu-lhe porém ver algo estranho na cama. Deu um passo, mantendo a chama bem por cima da cama. Encontrou Sanda deitada na cama, quase toda vestida, com os olhos abertos, fitando-o.

- O que aconteceu? - perguntou ela, com dificuldade.

Seu rosto estava corado e sua respiração, acelerada, como se houvesse despertado de um grande susto ou acabado de chegar de uma corrida.

- Onde você esteve?! - perguntou Ígor por sua vez.

- Aqui!

Era fácil perceber que mentia. Enrubesceu ainda mais ao falar, cerrando os punhos à maneira das mulheres.

- Não é verdade - disse Ígor, ríspido. - Dona Moscu esteve aqui há poucos minutos e não a encontrou.

- Eu estava dormindo - disse Sanda - e vocês me acordaram...

Sua voz tremia. E seus olhares eram úmidos, suplicantes. Imploravam mais ao se dirigirem para Ígor. Moveram-se porém também para o sr. Nazarie, que permanecera a uma distância discreta da cama, crispado.

- Não está vendo que você ainda está vestida - disse Ígor -, que não teve tempo nem mesmo de tirar os sapatos!...

Arrancou a coberta de cima do corpo da moça. Não havia mais dúvida. Sanda mergulhara na cama e se cobrira poucos minutos antes. Mas por onde viera e de onde? "Este quarto me oprime sempre que nele entro", sentiu Ígor.

- Onde você esteve, Sanda? - perguntou-lhe de novo, aproximando o rosto da cabeça da moça. - Diga-me onde esteve, diga-me, minha amada! Quero salvá-la! Não entende que eu quero salvá-la?

As últimas palavras foram pronunciadas com desespero. A lamparina tremia na sua mão direita. Sanda se assustou e se encolheu junto à parede, dependurando os dedos na boca.

- Não se aproxime, Ígor! - gritou ela. - Tenho medo de você!... O que você quer?

O sr. Nazarie também teve medo. A luz batia oblíqua no rosto de Ígor, seus olhos cintilavam, ardendo de fúria.

- O que vocês querem de mim?! - exclamou de novo Sanda.

Ígor pôs a lamparina suavemente sobre a mesinha, inclinou-se em seguida na direção da moça, segurou-lhe os ombros e pôs-se a chacoalhá-la. Deparou com a mesma resistência do entardecer. "Está sendo possuída também ela, está sendo enfeitiçada também ela"...

- Acorde, Sanda - disse ele carinhosamente -, logo chegará o médico. Por que não me diz onde você esteve?

Sanda ainda tremia; de frio, da doença. Mordia os lábios, esfregava as mãos, contorcidas.

- Você me ama, Sanda, diga, me ama? - perguntou Ígor.

A moça começou a estrebuchar. Tentou enfiar a cabeça entre os travesseiros, mas Ígor a segurou e a obrigou a olhar para ele, enquanto repetia a mesma e exasperante pergunta.

- Estou com medo! Fechem a porta! - berrou de repente Sanda, em frêmitos.

- Não tem ninguém na porta - tranquilizou-a Ígor. - E você mesma pode ver que está fechada...

Pôs-se um pouco de lado para que a moça pudesse olhar diretamente para a porta. Sanda levantou o olhar por um instante, escondendo em seguida a cabeça entre as palmas. Pôs-se a chorar, sufocando-se, como num longo e ininterrupto suspiro. Ígor sentou-se na cama, próximo dela.

Ela o fitou nos olhos por um momento, como se prestes a lhe revelar um segredo, mas logo envolveu a cabeça nas palmas das mãos, exausta.

- Onde você esteve? - perguntou-lhe Ígor, com um sussurro.

- Não posso dizer - disse ela aos prantos -, não posso dizer!...

Estreitava-se em torno do corpo de Ígor, aderia a ele apavorada, delirando. Seu calor era benfazejo e a dureza da sua carne, um apoio. Mas de súbito desgrudou-se, como se tivesse sido traspassada de viés, retraindo-se aterrada na direção da parede.

- Não quero morrer, Ígor! - gritou ela com uma força insuspeitada. - Não quero que me matem também!...

Os dois homens estenderam os braços para ampará-la, enquanto desmaiava.

X

Ao se aproximar da porta para se despedirem, o sr. Nazarie virou-se para Ígor e disse-lhe:

– Tenho a impressão de estar sonhando sem parar desde a manhã de hoje...

– Queria que tivesse razão – disse Ígor. – Mas tenho *quase* certeza de que não estamos sonhando... Para nossa desgraça – acrescentou ele, mais solene.

Deram boa-noite um ao outro e se separaram. Ígor trancou a porta à chave, em seguida aproximou-se da janela e a fechou. Movia-se com grande atenção pelo quarto, controlando cada gesto. Como se fosse a preparação para se deitar sob o olhar invisível de uma criatura oculta. Agora, ele não tinha mais medo. Sentia, porém, a carne exausta, o sangue doente, em seguida a uma febre. Determinou que passaria em vigília boa parte da noite. Em breve o relógio soaria duas horas; mais uma hora, e ele poderia se deitar sossegado. Pois, na proximidade do crepúsculo, ele não temia nenhuma espécie de sonho.

Assim que vestiu o pijama, contudo, não pôde mais resistir. Sua cabeça oscilava, palmeou seu corpo – não podia afugentar aquela preguiça sonolenta que lhe penetrara as veias. Adormeceu com a luz acesa, os braços por cima das cobertas. Sua cabeça pendia oblíqua sobre o travesseiro alvo. De algum lugar, de algum canto do teto, levantavam voo mosquitos invisíveis.

Despertou de repente num grande salão de paredes douradas e candelabros imensos dos quais pendiam pontas de flechas de cristal. "Sim, agora começa o sonho", falou Ígor consigo, tentando se debater e fugir dele. Mas ficou fascinado ao ver ao seu redor tanta gente desconhecida e vestida com tanta elegância. Sobretudo as mulheres, com vestidos longuíssimos e cinturas estreitas.

– *Vous êtes à croquer!...** – ouviu a voz de um homem ao seu lado.

Em seguida, risos de mulheres. "Onde é que eu já ouvi essas mesmas palavras?" – perguntou-se Ígor, desconcertado. "Ou talvez eu as tenha lido em algum lugar, há muito tempo"... Lembrou-se, porém, de que tudo o que via era apenas um sonho e se tranquilizou. "Se ao menos eu pudesse despertar logo..."

Uma música estranhíssima e contudo bem conhecida o envolveu inesperadamente. Uma velha melodia, de uma alegria melancólica, que extravasava junto com lembranças imprecisas que mais tinham a ver com sonhos e momentos de infância do que com outros acontecimentos. Pôs-se a caminhar atento entre os pares elegantes. Percebeu que as pessoas dançavam ao seu redor. Resguardou-se dos dançarinos, infiltrando-se ao longo das paredes. "Sim, estamos em torno de 1900" – pensou. "Como devem estar admiradas essas pessoas com o meu modo de vestir." Olhou-se com certa hesitação. Foi difícil reconhecer-se: as roupas não eram suas, jamais se vira vestido com elas. No mesmo instante, porém, seu próprio assombro pareceu-lhe ininteligível. Falava-se francês. Uma voz melodiosa de jovem mulher, que sabe estar sendo escutada inclusive por homens invisíveis. "*Sabe* que estou aqui", pensou Ígor, encantado. Deu alguns passos na direção do espelho, a fim de ver o rosto da mulher. Ela também olhou para ele. Lábios rubros e uma leve sombra por cima da boca. Não a conhecia. A mulher talvez quisesse que ele lhe fosse apresentado, pois lançou-lhe um sorriso. Todo o grupo, porém, o olhava de maneira estranha. Não conhecia ninguém naquele salão em que entrara involuntariamente. Continuou andando, até chegar a outro aposento. Mesas de pano verde. "Aqui jogam baralho" – pensou ele de imediato. "Não me interessa." Surpreendia-o, entretanto, não conseguir ouvir quase nenhuma das palavras que aquela gente trocava entre si.

Retornou ao salão de dança. Parecia fazer mais calor. As mulheres se refrescavam com grandes leques sedosos. Sentiu que alguém o perscrutava de um canto. Virou-se. Era um homem, pareceu-lhe conhecido. Mas era incapaz de lembrar o seu nome. Em seguida, de súbito, iluminou-se: Radu Prajan. O que estaria fazendo ali? E como estava diferente, metido numa fantasia abstrusa... O amigo o fitava atento,

---

*   Elogio galante que homens dirigem a mulheres, em francês. (N. T.)

sem piscar. Via-se claramente que não se sentia à vontade em meio a tanta gente rica, em plena festa. Ninguém falava com ele. Ígor dirigiu-se ao sofá ao lado do qual estava sentado Prajan. Compreendia tudo o que os seus olhares diziam; que se apressasse, que viesse o mais rápido possível até ele, bem perto dele...

Mas como é difícil mover-se num salão de baile. Ultrapassado um, outro par brotava no caminho de Ígor. Abria espaço acotovelando-se, pedindo polidamente, no início, perdão, e depois - exasperado com tantos obstáculos -, desferindo pancadas, pisando nas senhoras, estendendo os braços. Os poucos metros que o separavam de Prajan pareciam-lhe agora absurdamente longos. Lutou durante muito tempo até chegar a ele, enquanto Prajan permanecia longínquo, fitando-o continuamente nos olhos, aguardando-o. E com que clareza ele entendia o seu chamado...

Sentiu de repente um braço de mulher a segurar-lhe a cintura. Naquele instante, os dançarinos ao seu redor se embaciaram. Virou-se para Prajan. Vislumbrou apenas os seus olhos. Ele se pusera de pé, naqueles trajes que agora pareciam ainda mais ridículos, absurdos.

- Vá, olhe para mim, meu amor!

Senhorita Christina falou-lhe ao pé do ouvido. Sentiu sua respiração quente, tentadora, reconheceu o aroma opressivo de violeta. Reencontrou, ademais, o pavor e a repugnância de outrora.

- Parece não gostar muito das nossas festas, Ígor - acrescentou a senhorita Christina.

Cada palavra o entontecia. A cada som, ele despertava em outro espaço, em outra atmosfera.

- Estamos em casa, meu amor! - disse Christina.

Pegou-lhe na mão e, com o outro braço, mostrava as paredes do aposento por onde passavam. Ígor reconheceu a sala de jantar. Tudo era idêntico; talvez a mobília parecesse mais nova, menos desolante.

- Quer vir ao meu quarto? - perguntou-lhe de repente Christina.

Tentou forçá-lo a subir a escada, mas Ígor se opôs. Retirou-se para junto da janela. Fez um esforço e disse:

- Você está morta. Você *sabe* que está morta...

Senhorita Christina deu um sorriso triste e se aproximou mais uma vez de Ígor. Estava mais pálida. Talvez por causa do luar que a banhava. ("Uma lua que surgira de repente, inesperada" - refletiu Ígor.)

- Mas amo você, Ígor - sussurrou. - E é por você que venho de tão longe...

Ígor a fitou com ódio. Se tivesse forças para gritar, para despertar... Christina parecia ler-lhe todos os pensamentos, pois deu um sorriso ainda mais triste, mais desesperançoso.

- Você está sempre aqui - disse Ígor -, você não vem de parte alguma...

- Você jamais vai entender, meu amor! - sussurrou Christina. - Não quero perdê-lo, não preciso do seu sangue... Quero só que me deixe amá-lo de vez em quando!...

Falou com tanta paixão, com tanto apetite de amor que Ígor se aterrorizou. Tentou fugir. Saiu correndo por um corredor sem fim, desconhecido, sinistro. Acreditou estar sozinho por alguns instantes. Respirava profundamente, assustado, exausto. Pôs-se a andar ao acaso, atônito, sem saber onde se encontrava. Seus pensamentos estavam dispersos, sua vontade, cega. O corredor se estendia como a galeria de uma mina. Sentiu de repente, golpeando-o de frente, um vago aroma de violeta. Ígor vacilou por um instante, para em seguida decidir de súbito abrir a primeira porta que encontrasse. O sangue pulsava forte em suas têmporas. Ficou com a cabeça encostada na porta, à escuta; será que soarão de novo os passos da senhorita Christina? O silêncio se prolongava, dilatando o tempo. Cansado, Ígor virou a cabeça. Era o próprio quarto. Sem saber, entrara no seu quarto. Todas as suas coisas estavam lá; o maço de cigarros em cima da mesinha, o copo de onde evaporavam as últimas gotas de conhaque. Mas que luz estranha reunia todos os objetos espalhados no quarto... Como se tudo fosse observado através de um espelho.

Ígor se atirou na cama. "Se eu pudesse dormir logo", pensou consigo. Mas deparou de novo com o perfume de violeta. Dessa vez, não tinha mais forças para se opor, para fugir. Senhorita Christina se encontrava ao lado dele, como se o esperasse fazia tempo na margem da cama.

- Por que está fugindo, Ígor?! - perguntou ela, fitando fixamente os seus olhos. - Por que não me deixa amá-lo? Ou talvez você ame Sanda de verdade?...

Calou-se e continuou olhando para ele - triste, impaciente, ameaçadora. Ígor a compreendia com dificuldade. Com dificuldade podia ler o seu rosto tão vivo e contudo tão gelado. E os olhos, demasiado grandes, demasiado fixos, dois anéis de cristal.

- Se você gosta da Sanda - acrescentou Christina -, ela não será mais sua... Não há de viver muito, pobrezinha...

Ígor se levantou pela metade da cama. Queria estender os braços na direção dela, ameaçá-la, mas só encontrou forças para enfrentar o seu olhar.

- Mas você está morta, Christina! - gritou ele. - Você não pode mais amar!...

Christina pôs-se a rir. Era a primeira vez que ele ouvia o seu riso. Exatamente como o imaginara poucos dias antes, ao admirar seu retrato; um riso de menina, sincero, puro.

- Não me julgue tão rápido, meu amor! - exclamou Christina. - Venho de outro lugar... Mas ainda sou mulher, Ígor! E se uma mulher pode se apaixonar por um vésper*, por que você não poderia também se apaixonar por mim?!...

Esperou alguns instantes, até que Ígor respondesse.

- Não posso - disse ele, enfim. - Tenho medo de você!...

Envergonhou-se de uma confissão tão covarde. Deveria ter resistido, dizer-lhe continuamente que ela estava morta e ele, vivo... Christina estendeu um braço para acariciá-lo... Ígor sentiu de novo aquela carícia sem par, que lhe gelava o sangue nas veias.

- Você vai me receber em seus braços quentes - disse Christina baixinho.

A voz era íntima, sussurrada. E seu corpo se aproximara bastante do dele.

- Você vai então me amar, Ígor - acrescentou ela. - Não pense mais na Sanda, você não vai mais vê-la...

Calou-se de novo, sem parar de acariciá-lo.

- Como você é bonito! Quente e forte!... Não tenho medo de você; não importa para onde me leve esse amor, não tenho medo... Por que é que justamente você, Ígor, sendo homem, vacila?!...

Ígor tentou de novo desprender-se do feitiço de Christina, romper o sonho. O aroma de violeta o entontecia, a proximidade do corpo de Christina o exauria. Conseguiu apenas distanciar-se um pouco dela, na direção da parede.

- Amo Sanda - sussurrou ele -, e rezo ao bom Deus e à Santa Virgem Mãe de Deus!...

Começou aos sussurros, mas as últimas palavras ele pronunciara com bastante força. Christina saltou da margem da cama e levou as mãos aos olhos. Assim permaneceu por muito tempo, longe dele.

- Eu seria capaz de congelar os seus pensamentos e secar sua língua - disse ela. - Eu poderia a qualquer momento dominá-lo, Ígor!... É fácil enfeitiçá-lo, fazer o que eu quiser com você... Você também me acompanharia, como os outros... E são muitos, Ígor... Não tenho medo das suas preces... Você não passa de uma pessoa viva. Eu

---

* Alusão ao poema "Vésper" de Mihai Eminescu, no qual a estrela vespertina se transforma num príncipe encantado. (N. T.)

venho de outro lugar. Não é capaz de entender, ninguém é capaz de entender... Mas eu não queria matá-lo, meu amor, eu queria ser sua noiva... Em breve, você me verá de *outra* maneira. E então você me amará, Ígor... Esta noite você não teve muito medo de mim... E nem *agora* você haverá de ter medo, meu amor. Você vai despertar agora, quando eu quiser, você vai despertar...

Passado bastante tempo, Ígor percebeu que estava havia muito de olhos abertos, sem pensamentos, sem memória. Lembrou-se de repente de Christina. "Despertei ao seu comando", compreendeu Ígor. Sabia exatamente onde a deixara no sonho: ereta no meio do quarto, fitando-o com seus olhos vítreos. Virou a cabeça num gesto brusco. Senhorita Christina não estava mais ali. "Então foi um sonho, foi apenas um sonho"... O sangue pôs-se a correr de todas as partes até seu coração. Um encantamento cansado envolveu em seguida a sua carne; como se tivessem vencido uma árdua batalha, os músculos se preparavam para descansar.

No quarto, contudo, persistia o perfume de violeta. Alguns instantes depois, Ígor começou a sentir algo, invisível e desconhecido, perto de si. Não era a presença da senhorita Christina. Sentia-se observado por *outra* pessoa, cujo terror jamais sentira. O medo era agora de outra natureza; como se houvesse despertado dentro de um corpo alheio, cuja carne, cujo sangue e cuja transpiração gelada – que ele sentia mas que não eram *dele* – o repugnavam. A opressão desse corpo alheio era insuportável. Sufocava-o, sorvia-lhe o ar, exaurindo-o. *Alguém* o observava ao lado, muito perto dele, e esse olhar não era o da senhorita Christina.

Jamais se lembraria de quanto durara esse lento sufocamento, essa repugnância que devastara todo o seu ser. Por vezes, amalgamando-se ao pavor do *outro*, àquela presença inexplicável, ele sentia como o perfume de violeta lhe penetrava profundamente as narinas. A lembrança da senhorita Christina parecia-lhe agora muito menos assustadora. No delírio gélido do *outro*, a presença da senhorita Christina era infinitamente mais branda e afável.

De repente, sem que esperasse, ele se sentiu liberado. Era capaz, enfim, de respirar à vontade, profundamente. O *outro* desapareceu sem deixar vestígios. O perfume de violeta agora aumentava com forças renovadas, quente, feminino, envolvente. Mas não o assustava mais. Ígor abriu bem os olhos, esquadrinhando a escuridão ao seu redor. Quando se aproximara Christina, com que passos inaudíveis chegara tão perto da cama? Ela lhe sorria. Fitava-o como antes – como durante o sonho –, sorrindo-lhe. Seu rosto parecia iluminado por dentro, pois Ígor podia ver o desenho do seu sorriso, suas narinas delgadas, os cílios levemente inclinados. "Está vendo que você não tem mais medo de mim agora?!" - pareciam dizer os olhos de Christina. "Há coisas mais assustadoras que a minha aproximação, Ígor. Trouxe-lhe aqui o terror do *outro*, mais maléfico e mais diabólico que eu..."

"Ela me obriga a ler seus pensamentos, comanda os meus pensamentos" - compreendeu Ígor. "Mas por que não fala, por que não se aproxima de mim? Agora eu não poderia mais me defender..."

De quem fora esse pensamento que lhe penetrara a mente sem perceber? Teria ele realmente pensado que não podia mais se defender da senhorita Christina ou teria ela lhe ordenado que assim pensasse, preparando-o para novos acontecimentos?!...

Christina continuou sorrindo. "Está vendo que você não tem mais medo de mim?" - pareciam dizer os seus olhos. "Os degraus do pavor são muito mais profundos, meu amor. Você vai se agarrar a mim, vai me estreitar em seus braços, vai encontrar no meu peito sua única esperança, seu único consolo, Ígor!"... Com que clareza ele ouvia todas essas palavras que os lábios de Christina não pronunciavam, mas que eram transmitidas pelo seu olhar...

"Você vai me amar" - pareciam dizer seus olhos. "Viu como foi fácil sufocá-lo de terror. *Alguém* esteve ao seu lado e isso foi o suficiente para você se desorientar. *Alguém* que você não conhece, mas que jamais esquecerá. E, como ele, há centenas, milhares deles que me obedecem, Ígor, querido... Você vai se arremessar aos meus braços! Meu corpo ardente o espera, querido!"

Um pensamento após o outro, sem pressa, natural e claramente, Ígor escutava o que se passava em sua própria mente. Senhorita Christina sem dúvida sabia o que se passava no íntimo dele pois, ao vê-lo dócil e sem vigor, deu um passo em sua direção. Em seguida mais um, até chegar bem perto. E *não era mais* um sonho. Ígor sentia precisamente aquele corpo incomum movendo-se no espaço, deslocando o ar ao seu redor, aquecendo-o. "Virei nua ao seu leito" - ouviu Ígor em sua mente. "E vou pedir que me aperte bastante em seus braços, meu amor!... Habitue-se comigo ao seu lado, Ígor. Olhe, eis a minha mão, ela o acaricia sem susto; esta mão lhe produz prazer; está sentindo agora, está sentindo minha mão colada ao seu rosto?"

Mas Ígor não sentia mais nada. Ao toque da mão da senhorita Christina no rosto dele, seu sangue se dispersou, toda a sua respiração se recolheu para o peito. Com a face branca, com a testa enregelada, ele jazia amolecido na cama.

XI

Seguraram o médico para o almoço. Quando o sr. Nazarie entrou na sala, dona Moscu se ergueu da cadeira e apresentou solenemente o jovem careca, metido num uniforme de caçador:

- Senhor doutor Panaitescu, distintíssimo cientista e incansável apóstolo - disse ela. Em seguida, virando-se para o médico, acrescentou, estendendo o braço: - Senhor professor universitário Nazarie, glória da ciência romena...

O sr. Nazarie baixou o olhar para o chão. Estava cansado, nervoso; tinha a impressão de que sonhava. Apertou a mão do médico e sentou-se na cadeira. Chamou-lhe a atenção a palidez de Ígor, seus olhos afogados em olheiras. Pôs-se a se censurar pela sua indiferença; havia saído cedo pela manhã para o campo, na direção das mamoas da parte setentrional do vilarejo, sem antes ver o companheiro. Encontrava-o agora diferente, esmagado. Procurava seu olhar para compreender o que poderia ter acontecido. Ígor permanecia cabisbaixo, pensativo ou talvez apenas triste.

- O senhor professor realiza escavações arqueológicas na nossa localidade - continuou dona Moscu. - É uma grande honra para nós tê-lo como hóspede.

- Encontrou algo interessante até agora, senhor professor? - perguntou o médico.

- Oh, mal começamos - sussurrou o sr. Nazarie.

Simina aguardava que ele continuasse, loquaz, feliz por ter a ocasião de falar bastante. Mas naquele dia o sr. Nazarie não estava para conversas. Perguntou, fitando atentamente o médico:

– Como lhe parece a senhorita Sanda?

O médico ergueu os ombros, controlando-se rapidamente em seguida. Acariciou levemente a testa, levando a mão até o alto da cabeça, assustando-se ele mesmo com aquele crânio seco e lustroso que seus dedos atingiam.

– É difícil dizer – hesitou. – De qualquer modo, não é grave demais. Anemia excessiva e, possivelmente, um início de gripe, uma gripe bastante esquisita, aliás... Primeiro achei que pudesse estar com malária...

Ele falava tropeçando em cada palavra, atrasando o ritmo depois de cada frase. "Talvez nem esteja interessado na paciente", refletiu o sr. Nazarie ao observar, sem querer, seu uniforme de caçador. Ao surpreender o seu olhar, o médico enrubesceu na hora.

– Talvez cause-lhe espécie esta roupa – disse ele, pegando num botão e girando-o. – É um uniforme bastante confortável... Ademais, ao ver que tempo bom está fazendo, pensei que não seria mau... Saibam que não sou fanático por caçadas, mas às vezes gosto de sair pelo campo com uma espingarda... Nós, intelectuais, estamos condenados, como podem bem imaginar, é raro podermos... Mas eu não tenho cão de caça e assim é mais difícil, sozinho, creio que entendem...

Em seguida pôs-se a comer, embaraçado. O sr. Nazarie já estava havia muito tempo com o olhar no prato.

– E quando o senhor vai sair para caçar, doutor? – perguntou Simina, graciosamente.

O médico fez um gesto vago com a mão. Estava contente, porém, pelo fato de alguém falar de caçada. Não se sentia mais isolado, ridículo, comprometido à mesa, com tanta gente estranha.

– Gostaria de me levar consigo? – perguntou de novo, com mais alento, Simina. – Nunca fui... E eu queria tanto caçar uma vez ou ao menos ver como é...

– Com todo o prazer, por que não? – prometeu o médico.

Ígor ergueu a cabeça e dirigiu lentamente o olhar para dona Moscu e, em seguida, para Simina.

– Não é nada recomendável para uma criança participar de caçadas – disse ele, ríspido. – Ver morrendo animais inocentes, ver tanto sangue...

Fitou-a nos olhos ao pronunciar as últimas palavras. Simina, porém, não parecia em absoluto perturbada. Baixou o olhar, como uma menina bem-comportada quando admoestada pelos adultos. Mas em nenhum momento deixou que Ígor achasse que ela entendera o significado oculto das suas palavras, incompreensível para os outros.

- De fato, talvez não seja o espetáculo mais apropriado para uma criança - disse o médico, apaziguador. - Mais tarde, quando você estiver crescida...

Simina sorriu. O sr. Nazarie reconheceu o seu costumeiro sorriso de vitória e de desprezo, discreto ao mesmo tempo. Começava a ter medo dela agora. Intimidavam-no, por vezes paralisavam-no seus olhares tão circunspectos e opressivos. Que milagre contrário à natureza fazia brotar daquele rosto angélico uma ironia tão gélida?

- Fico feliz em saber que a nossa senhorita vai estar melhor em breve para obrigar Ígor a pintar - irrompeu o sr. Nazarie, para mudar de assunto.

Com o rosto todo iluminado, Ígor voltou-se para ele. Tinha, contudo, um levíssimo tremor nos lábios. Além de estar anormalmente pálido. "Como é que ninguém observa" - admirava-se o sr. Nazarie - "essa alteração?" Ao vislumbrar, porém, naquele mesmo instante, o olhar rígido e gélido de Simina, Ígor enrubesceu; ela parecia tê-lo ouvido, parecia ter lido seus pensamentos. "Simina está observando, só ela entende", pensou consigo o sr. Nazarie, perturbado.

- Dentro de poucos dias, sem dúvida, ela vai estar melhor, não é, doutor?! - disse Ígor.

O médico balançou afável e vagamente a cabeça.

- Mas e a caçada?! - lembrou-se de súbito dona Moscu. - O senhor não nos contou nada sobre caçadas. Mal vejo a hora de comer um animal silvestre. Que carne com sabores inéditos, que carne boa!...

Seus olhos cintilaram por alguns momentos. E o braço, estendido em cima da mesa, agitava-se como se entornasse molho sobre uma carne invisível.

Só então Ígor percebeu que a babá entrara na sala de jantar, aguardando atenta junto à porta. A mulher que servia à mesa era recém-chegada. "Talvez a esteja verificando" - pensou Ígor consigo mesmo a fim de se tranquilizar. Não gostava nada de ter a babá por perto. Tinha sempre uma sensação desagradável e incompreensível de que ela o ridicularizava, de que mantinha uma cumplicidade tácita com Simina, que ambas sabiam tudo o que acontecia nos sonhos dele...

- Ilustríssima anfitriã - começou a falar, dignamente, o médico -, dentre as artes que domino, caçar não é, sem dúvida, o meu forte. Almejo contudo...

Naquele momento, a babá se aproximou da cadeira de dona Moscu e lhe disse:

– Sua filha maior está chamando a senhora...

– E por que não disse isto desde o início? – perguntou Ígor, furioso, erguendo-se da cadeira.

A babá nada respondeu. Contentou-se em olhar para Simina, apertando os lábios. Transtornada, dona Moscu se levantou. Ígor deixou a sala de jantar antes que ela pudesse pronunciar uma só palavra.

* * *

Sanda os aguardava na cama, a cabeça apoiada nos travesseiros, quieta. Sobressaltou-se ao ver Ígor entrando primeiro.

– O que aconteceu? – perguntou ele, alarmado.

A moça o fitou longamente, com um amor infinito. Parecia ter medo de uma felicidade demasiado intensa com que não soubesse mais o que fazer, uma felicidade que teria chegado tarde demais.

– Não aconteceu nada, Ígor – sussurrou. – Queria ver a mamãe... Para que me lesse algo – acrescentou logo em seguida.

Ígor agitou-se. "Que mentira deslavada, com que descomedimento ela se complica sozinha... Hoje de manhã, as leituras a fatigavam. E agora tira sua mãe da mesa para que lhe recite poesia..."

– Dona Moscu não tem o que fazer aqui – disse Ígor com severidade –, não tem o que fazer aqui pelo menos agora...

Aproximou-se da porta e a trancou. O sangue corava seu rosto, mas a decisão estava tomada. Qualquer que fosse o risco, ele tinha de descobrir...

– Por favor, me diga agora – acrescentou ele, com suavidade.

Sanda o fitava aterrorizada. Inundavam-na tantos pensamentos e tantas sensações que ela não entendia mais o que ocorria dentro de si. Escondeu o rosto nas palmas das mãos. Sentiu, em seguida, a mão de Ígor tocando-lhe a testa.

– Diga-me, minha querida – sussurrou ele, esperando.

Sanda permaneceu com o rosto escondido entre as mãos. Seu peito pulsava, seus ombros tremiam.

– ... Porque eu também tenho muitas coisas a dizer – acrescentou Ígor. – O médico me revelou o segredo da sua doença...

Sanda teve mais um sobressalto, com o corpo todo. Ergueu a cabeça e olhou para os olhos de Ígor, procurando entender.

- Mas antes disso - continuou -, queria lhe perguntar uma coisa. *Você costuma ver Christina com frequência?* Pergunto isto porque eu a vejo...

Ela teria tido uma crise de tontura não tivesse Ígor se apressado para cima dela e lhe segurado as mãos com força. Os dedos dele, apertados, causavam-lhe dor, uma dor violenta, viva.

- ... Eu também a vejo - repetiu Ígor -, assim como vocês todos a veem. Mas esse desvario não vai durar muito, Sanda. Vou perfurar o coração do vampiro. Hei de enfiar uma estaca de madeira no coração dele!...

Falou tão alto que se horripilou com as próprias palavras, que haviam saído involuntárias dentre os seus lábios. A ideia lhe viera naquele instante, a ideia de falar de uma vez por todas com Sanda de uma maneira clara e crua.

- Eu estava preocupada mais com você, meu amor - pôs-se ela a falar, com uma voz débil. - Estive pensando que você não tem culpa alguma, que você tem de fugir daqui, sair daqui o mais rápido possível...

- Mas ontem você me pedia para ficar - disse Ígor.

- Esse foi o meu erro - continuou Sanda. - Se eu soubesse... mas eu amava você, Ígor, eu amo você!...

Desatou a chorar. Ígor soltou as mãos para poder acariciar-lhe o cabelo, o rosto.

- Eu também amo você, Sanda, e é pelo seu bem que permaneci...

- Não quero que você faça nada, Ígor - interrompeu-o Sanda. - Será pior para nós... Para você, sobretudo... É com você que estou preocupada. Se você puder sair daqui, ir para longe, foi por isso que eu chamei a mamãe; para dizer que você, na ausência dela, foi... atrevido comigo... Para dizer que eu não posso mais recebê-lo no meu quarto: *para pô-lo para fora...*

Pôs-se a chorar convulsivamente. Ígor a ouvira com calma, acariciando-a com o mesmo gesto fraternal. Esperava descobrir coisas mais graves, mais desvairadas. "Christina ordenou-lhe que me expulsasse. E ela acha que faz isso para o meu próprio bem, para me salvar..."

Naquele momento, a maçaneta se moveu. Sanda se assustou. Seu rosto enrubesceu subitamente. "Ainda sente pudor, isso significa que ainda não está perdida, não está completamente enfeitiçada" - pensou Ígor.

- Por que a porta está trancada? - ouviu-se a voz de dona Moscu.

Ígor se levantou e se aproximou da porta. Preparou um discurso cuidadoso.

- Foi Sanda que me pediu que a trancasse, prezada dona Moscu. Quer ficar a sós por algum tempo... Está com medo dos membros da família... Adormeceu um pouco e teve a impressão de estar vendo a tia Christina, sua tia *morta*...

Dona Moscu não emitiu uma palavra sequer. Distanciou-se da porta, esforçando-se por entender. Ígor retornou para o lado da cama, segurou a mão de Sanda e sussurrou-lhe ao pé do ouvido:

- Vão pensar que nos fechamos aqui porque nos amamos. Vão pensar o que lhes passar pela cabeça. Mas isso compromete você, obriga-a a me aceitar como noivo... *Temos* de noivar agora, Sanda...

Dona Moscu sacolejou de novo a maçaneta.

- Mas não é possível! - ouviu-se a voz dela, um pouco alterada. - O que vocês estão fazendo aí?!

Sanda quis se levantar da cama e abrir a porta, mas Ígor a dominou com ambos os braços.

- Senhor Paşchievici! - ouviu-se a voz de Simina. Ígor aproximou-se de novo da porta.

- Sanda agora é minha noiva - disse ele, com calma. - Pediu-me que a protegesse!... E ela não está me permitindo destrancar a porta. Ela quer ficar a sós comigo...

- Que noivado é esse, trancados no dormitório!? - disse em voz alta Simina.

Sanda pôs-se a chorar, comprimindo a cabeça entre os travesseiros. Ígor mal pôde se conter.

- Estamos prontos para partir agora mesmo, dona Moscu - disse ele. - Pois Sanda agora não tem mais nada...

Ígor ouviu os passos se distanciando pelo corredor. Voltou para a cama. Grudou as mãos às têmporas. "O que foi que eu fiz?! O que foi que eu fiz?!" Onde encontrara ele de repente tanta força e doidice para se decidir?

- Você está arrependida, Sanda? - perguntou ele, acariciando-lhe o rosto -, está arrependida de ser minha noiva involuntária?!

A moça parou de chorar, fitou-o assustada e em seguida pendurou-se à sua nuca. Era seu primeiro gesto apaixonado. Ígor sentiu-se feliz, com forças renovadas.

- Só se eu não morrer até lá!... - sussurrou Sanda, em frêmitos.

XII

Algumas horas depois, Ígor encontrou o sr. Nazarie na sala de jantar. Parecia bastante agitado, com um olhar perplexo e gestos impacientes, precipitados.

– O que houve? – perguntou-lhe aos sussurros. – Dona Moscu fechou-se no quarto dela, você se fechou no quarto de Sanda, a menininha desapareceu... O que houve?

– Nem eu sei muito bem o que houve – respondeu Ígor, cansado. – Sei que celebrei meu noivado com Sanda. Eu a amo, quero tirá-la daqui o mais rápido possível...

Falava emocionado, inquieto. O sr. Nazarie esfregava as mãos.

– Temo por ela, por sua vida – acrescentou Ígor, aos sussurros. – Esses malucos são capazes de esganá-la...

O sr. Nazarie sabia muito bem que Ígor estava mentindo, que não era do desvario de dona Moscu que ele tinha medo. Balançou porém a cabeça, demonstrando convicção.

– Fez muito bem em noivar – disse ele. – Isso acaba com todos os mal-entendidos. Ninguém mais pode dizer nada...

Ígor deixou escapar um gesto de impaciência e temor.

– Noivamos, mas ela desmaiou – disse ele, com a voz embargada. – Sanda está desmaiada na cama faz meia hora... E não posso fazer nada. O que eu poderia fazer?!...

Pôs-se a caminhar pela sala, fumando.

– Deveríamos fugir daqui o mais rápido possível, enquanto é tempo. Mas o médico precisa vê-la... Onde está o médico?...

- Foi caçar - respondeu o sr. Nazarie, receoso. - Saiu logo depois do almoço. Nem eu fiquei sabendo de nada. Foi a empregada que me disse... Mas volta ao entardecer...

Ígor sentou-se numa cadeira para terminar o cigarro, pensativo.

- Tranquei-a no quarto - prorrompeu ele, procurando alguma coisa pelos bolsos. - Olhe aqui, esta é a chave do quarto dela...

Exibia-a vitorioso. "Seus olhos também cintilam estranhamente" - pensou consigo o sr. Nazarie. "Quem sabe que besteira terá cometido..."

- Só se entrar alguém pela janela - acrescentou Ígor, olhando para o vazio. - Sobretudo agora, na iminência do pôr do sol...

- E o que pretende fazer? - perguntou o sr. Nazarie.

Ígor sorriu para si mesmo. Hesitava em revelar todo o raciocínio. Finalmente, disse:

- Vou procurar Simina. Sei onde aquela bruxinha deve ter se escondido...

- Espero que não tenha a intenção de lutar contra uma criança - disse o sr. Nazarie -, de lhe fazer algum mal, quero dizer...

Ígor levantou-se de supetão da cadeira e segurou o braço do professor. Passou-lhe, com uma expressão séria e solene no rosto, a chave do quarto de Sanda.

- Sabe qual é o quarto dela? - perguntou. - Por favor fique de guarda até eu voltar. Tranque-se por dentro... Tenho medo *deles* - acrescentou Ígor. - Só de pensar em tê-la deixado tanto tempo sozinha...

Saíram da sala de jantar e foram ao dormitório de Sanda. O casarão parecia deserto. Não encontraram ninguém no caminho, nenhum ruído ecoava de lugar algum. Uma das janelas ainda estava coberta pela tela, como numa tarde de verão. O silêncio ali, à sombra, era mais triste.

- Espere-me aqui e só abra para mim, aconteça o que acontecer - sussurrou Ígor enquanto destrancava a porta.

O sr. Nazarie entrou sem conter a emoção. Nada grave havia ocorrido naquele quarto, percebeu ele após olhar por toda parte. Sanda parecia dormir profundamente, com uma respiração esvaecida, inaudível.

* * *

Ígor correu direto para o velho estábulo. Já estava escuro lá dentro. A luz filtrada pelas janelas agora esmaecia. Ígor se dirigiu até a carruagem da senhorita Christina. Olhou atentamente para todos os cantos, sem entrever a pequena figura de Simina. "Escondeu-se noutro lugar" - pensou ele. Pôs-se a verificar a carruagem: velha, corroída pelas chuvas, com almofadas puídas. Permaneceu indeciso por alguns instantes, pensando em Simina, perguntando-se onde poderia procurá-la.

Quando saiu do estábulo, o sol afundava ao longe, na divisa dos campos. "Logo vai escurecer" - disse Ígor consigo, receoso. "Virão os enxames de mosquitos..."

Não sabia para que lado ir. Pôs-se a caminhar num passo ritmado, pensativo, na direção dos aposentos dos empregados. Ninguém à vista. O lugar se revelava deserto, a solidão parecia ainda mais amedrontante entre tantas paredes e tantos utensílios. Alguém estivera por ali recentemente. Viam-se vestígios de fogueiras, cinzas e gravetos queimados; viam-se, também, panos secos, panelas de barro esquecidas, estrume e cereais. Mas era tão grande o silêncio que o lugar parecia abandonado. Não se ouvia nem um latido de cão, nem um canto de pássaro.

Ígor chegou à entrada do porão; já havia entrado lá no dia de sua chegada. Descera com um grupo de hóspedes; Sanda quisera mostrar os degraus de pedra da época de Tudor Vladimirescu*, bem como o aposento construído nos fundos, onde se mantivera escondido um ancestral dela durante três semanas; um criado fiel trazia-lhe, à noite, uma vasilha de leite e um pedaço de pão. Sanda mostrara inclusive a fenda pela qual o criado costumava passar. Quanto tempo decorrera desde então, desde aquele dia quente e límpido de outono, quando os olhos de Sanda brilhavam sorrateiros e a vozeirada dos jovens soava pelos degraus do porão... Teve a impressão de que semanas inteiras o separavam daquele período feliz; entretanto, não haviam-se passado mais que alguns dias.

Acendeu um cigarro e continuou andando na direção da cozinha. Pareceu-lhe ouvir passos tímidos atrás de si. Virou a cabeça. Não havia ninguém. O ruído porém fora límpido, preciso. E não se parecia com os ruídos noturnos, eram passos vivos. Estacou por alguns instantes. Cuidadosa, esforçando-se por fazer o mínimo barulho, eis que surgiu na entrada do porão a silhueta de Simina. Ao deparar com Ígor, ela se sobressaltou. Levou, contudo, as mãos para trás e, bem-comportada, dirigiu-se até ele.

---

*   Tudor Vladimirescu (1780-1821) foi o líder da Revolução de 1821, tendo passado a governar temporariamente o Principado da Valáquia após sua entrada triunfal, em 21 de março, em Bucareste, até ser assassinado por seus adversários dois meses depois. A fracassada revolução, de causas nacionais, econômicas e sociais, dirigiu-se contra a dominação otomana e constituiu um dos prenúncios da independência da Romênia, que viria a ser conquistada por ocasião da Guerra Russo-Turca de 1877-1878. (N. T.)

- Não entendo de rótulos - disse ela, fitando-o nos olhos. - Mamãe me mandou buscar no porão uma garrafa de água mineral, mas não soube distinguir. São tantas garrafas rotuladas... E eu nem imaginava que estivesse tão escuro lá embaixo...

- Mas desde quando dona Moscu manda você buscar garrafas de água mineral? - perguntou Ígor. - Há tantos criados na fazenda...

Simina deu de ombros, sorrindo.

- Não sei o que aconteceu, mas só restou a babá... Os outros foram colher as uvas...

Apontou com o braço descoberto para o norte, por cima das acácias.

- Tinha também a empregada nova - acrescentou -, mas ela ficou doente... É tão difícil cumprir todas as tarefas sozinha...

Ígor se aproximou dela e acariciou-lhe os cabelos. Eram suaves, perfumados, quentes. Simina deixou-se afagar, baixando os cílios.

- Lamento muito, Simina, que vamos deixá-la aqui sozinha com todas essas tarefas - disse Ígor. - Amanhã pela manhã nós partiremos, Sanda e eu...

Contendo-se, a menina retraiu-se lentamente das carícias de Ígor e, admirada, ergueu o olhar na sua direção.

- Sanda está doente, e o médico não vai deixar...

- Não esteve exatamente doente - interrompeu-a Ígor -, e sim assustada. Tinha a impressão de estar vendo sua tia morta...

- Não é verdade! - logo replicou Simina.

Ígor pôs-se a dar risadas. Atirou ao longe o cigarro e alisou a franja do cabelo. Encheu-se de gestos precipitados; parecia esforçar-se em demonstrar a Simina quão absurda era sua afirmação.

- No final das contas, isso não tem importância alguma - acrescentou Ígor. - Amanhã vamos partir...

Simina começou a sorrir.

- Mamãe deve estar me esperando com a garrafa de água mineral - disse ela, pensativa. - O senhor poderia fazer a gentileza de me ajudar?!

"É uma armadilha" - pensou Ígor. Atravessou-lhe um arrepio quando Simina lhe mostrou a entrada do porão. Mas a menina olhava para ele com tanto desprezo que sentiu vergonha de seu próprio medo.

- Com todo o prazer - disse Ígor, dirigindo-se para o porão.

O convite de Simina, porém, contrariava todas as suas suspeitas. "Ela não está se escondendo de mim, além de reconhecer sem medo onde esteve. Talvez tenha realmente entrado no porão para pegar uma garrafa de água mineral..."

- Você sabe onde ficam as garrafas? - perguntou-lhe, descendo os degraus de pedra. Ouviu a respiração agitada de Simina, que descia atrás dele. "Se ela está tão nervosa, é porque caí na armadilha" - pensou Ígor.

- Estão mais longe, mais longe - respondeu Simina.

Ígor desceu até o último degrau. Sentiu sob os seus pés a areia úmida do porão.

- Espere eu acender um fósforo - disse Ígor.

Simina segurou-lhe o braço. Seu gesto foi brusco, imperativo.

- Ainda se pode enxergar muito bem - disse ela. - Ou será que você está com medo?!

Pôs-se a rir. Ígor sentiu ao longo da coluna vertebral os mesmos arrepios de terror que o atravessaram na noite anterior. Aquele riso não era mais o riso costumeiro de Simina. Sua voz também estava modificada: imperativa, sensual, feminina. Ígor cerrou os punhos. "Fui um imbecil" - pensou consigo. Acendeu, contudo, o fósforo e fitou Simina com um olhar ríspido e ameaçador. A menina desatou de novo a rir, dizendo com infinito desprezo:

- Eis o nosso audacioso Ígor!

Assoprou em seguida o fósforo e pôs-se a caminhar na frente, indicando o caminho.

- Simina, ao sairmos daqui, vou lhe puxar as orelhas!

- E por que é que não faz isso agora?! - respondeu Simina, detendo-se e levando as mãos para trás. Atreva-se!...

Ígor começou a tremer. Uma febre estranha dominava-lhe os membros. "Provavelmente é assim que começa, é assim que começa toda a loucura..."

- Se está com medo, nada o impede de voltar! - disse Simina.

Aquela voz era tão desconhecida, tão alheia àqueles lábios pequenos e rubros! Ígor sentia o sangue invadido por veneno; um apetite desvairado, bestial, espalhando-se pelo corpo. Fechou os olhos, na tentativa de evocar o rosto de Sanda. Conseguiu ver apenas um véu de vapores avermelhados. Conseguiu ouvir apenas a voz enfeitiçante de Simina.

- Vamos, não tenha medo - disse a menina.

Ígor a seguiu. Entraram num terceiro aposento. No escuro se delineavam uns armários velhos e apodrecidos apoiados nas paredes. Numa janelinha gradeada ainda brilhava uma luz suja, cansada. Num canto, sacos e cestos estragados.

- O que é que você tem? - perguntou Simina, aproximando-se dele.

Segurou sua mão. Ígor consentiu, com a respiração pesada. Sua visão se turvou. Viu-se de repente dentro de um sonho sonhado há muito tempo, tentando debalde lembrar quando saíra dele, quando começara uma nova vida. "É tão bom assim, é tão bom junto de Simina!..."

- Sente-se! - ordenou a menina.

Era isso que ele devia ter feito desde o início, atirar-se sobre aqueles sacos e descansar. Seus membros pegavam fogo, suas mãos tremiam. Sentiu o corpo de Simina ao seu lado.

- Está *aqui*? - perguntou Ígor, quase involuntariamente.

- Não. É ainda cedo demais - sussurrou a menina.

- Mas *ela* mora aqui, não é? - perguntou Ígor, num devaneio.

Simina vacilou por um instante. No final das contas, sorriu; não havia mais motivo para temer. Ígor não era mais capaz de opor resistência. Ademais, ele havia perdido a razão.

- Ela mora aqui, ao nosso lado! - sussurrou Simina, bem perto de seu ouvido. Ígor começou a tremer mais forte, sacudido por arrepios.

- Você não tem medo? - perguntou ele.

Simina deu uma risada e levantou-se para acariciar o cabelo dele.

- Sinto-me bem com ela; não tenho medo. E nem você vai mais sentir medo!...

- Simina, não me deixe sozinho! - gritou Ígor, abraçando-a, apertando-a com força, cegamente.

- Acalme-se! - sussurrou Simina.

Logo depois, ela aproximou a boca de seu ouvido.

- Não tranque a porta de madrugada; ela virá de verdade! Virá visitá-lo, despida...

Pôs-se a rir, mas Ígor não escutava mais o seu riso desvairado. Tudo se dissipava diante de seus olhos, em sua mente, em suas lembranças.

- Como você é bobo, Ígor! - disse Simina. - E como você é fraco também!... Se eu saísse daqui, você morreria de medo!...

- Não me deixe, Simina! - arquejou Ígor, cada vez mais debilitado. - Perdão, Simina! Não me deixe sozinho!...

Pôs-se a beijar-lhe as mãos. Pingos gelados de suor deslizavam por sua testa. Sua respiração era mais profunda, difícil e ardente.

- Não assim, Ígor, não assim! - sussurrou Simina. - Você tem de me beijar onde eu quiser!...

Agarrou-lhe rapidamente a boca, enfiando os dentes nos lábios dele. Ígor sentiu uma carícia inimaginável, celestial e sagrada em toda a sua carne. Inclinou a cabeça para trás, entregando-se àqueles beijos de sangue e mel. A menina mordera seus lábios, machucando-os. Seu corpo imaturo continuava frio, esbelto, fresco. Ao sentir o sangue, Simina o sorvera, sedenta. Mas logo, num pulo, pôs-se de pé.

– Não estou gostando, Ígor. Você não sabe beijar!... Você é um bobo!...

– Sim, Simina – sussurrou Ígor, aturdido.

– Beije o meu sapato!

Estendeu-lhe a perna. Ígor agarrou, com as mãos trêmulas, a coxa da menina e pôs-se a beijá-la.

– O sapato!

Que alegria nessa indescritível humilhação, nesse veneno ardente! Ígor beijou-lhe o sapato.

– Seu bobo! Quero bater em você... Mas não tenho nada aqui, nem mesmo um chicote!...

Ígor pôs-se a chorar, com a cabeça apoiada sobre o saco.

– Pare de chorar que você me deixa nervosa! – gritou Simina. – Tire a roupa!

Ígor pôs-se a despir-se vagarosamente, sem pensar, com o rosto sujo de lágrimas e poeira, e com algumas manchas de sangue ao redor da boca. O cheiro de sangue exasperara Simina. Aproximou-se de seu peito nu e pôs-se a arranhá-lo e a mordê-lo. Quanto mais fundo a dor atingia a carne de Ígor, mais doce era a unha ou a boca de Simina. "Mas eu preciso despertar deste sonho" – pensava ele consigo. "É hora de acordar, senão vou enlouquecer. Não aguento, não aguento mais!..."

– Por que não geme? – perguntou Simina. – Por que não se defende?

Seus arranhões eram agora mais furiosos e violentos. Mas Ígor não tinha por que gemer. Daquela humilhação gotejavam deleites que jamais imaginara que pudessem ser sorvidos por um mortal.

– Medroso! – disse Simina. – Você é tão bobo quanto os outros!... Não entendo como *ela* pôde se apaixonar por você!...

Deteve-se de repente. Pareceu sentir medo também ela. Escutava com atenção.

– Está vindo *alguém*, Simina? – perguntou Ígor, sonolento.

– Não, mas precisamos voltar. Talvez Sanda tenha morrido...

Ígor despertou, horrorizado, com as mãos nas têmporas. Uma dor terrível moía-lhe os miolos. Percebia onde estava, lembrava-se precisamente de tudo o que ocorrera, mas não conseguia lembrar como chegara ali e como suportara tudo aquilo...

Sentia nojo de si mesmo, repulsa pelo corpo de Simina, pela vida. Mas não tinha mais forças. Não tinha força nem mesmo para olhá-la nos olhos.

– Não esqueça o que eu lhe disse – acrescentou Simina, sacudindo o vestido. – Não tranque a porta...

"Ela nem mesmo se esforça em me ameaçar" – pensou Ígor. "Sabe que não vou ter coragem de delatá-la, de traí-la..."

Simina esperou que ele se levantasse de cima dos sacos e se vestisse. Não o ajudou. Fitava-o de longe, com desprezo e um sorriso amargo e cansado.

XIII

O sr. Nazarie contava os minutos com impaciência. No dormitório de Sanda, começava a escurecer. Aproximou-se da janela, admirando-se com sua própria presença ali, junto a uma doente em letargia. Aproximou-se da janela para poder evitar ainda por algum tempo o escuro: dali era possível ver o firmamento de opala e alguns galhos altos ainda sangrando com a vermelhidão do ocaso. Lá fora, tentando debalde atravessar o vidro, reuniam-se, como sempre, os mosquitos. O sr. Nazarie os fitava com um temor incompreensível. Eram enxames que se formavam como nuvens de poeira, coagulando-se e dispersando-se ao som de uma música inaudível, e seu voo frustrado pelo vidro da janela os tornava ainda mais ameaçadores. "Se todos eles invadissem o quarto de uma só vez"... O pensamento do sr. Nazarie interrompeu-se. Virou bruscamente a cabeça para o leito de Sanda. O silêncio o oprimia, o inquietava. "Que sono interminável" – disse ele. "Parece nem mesmo respirar... Será que morreu sem que eu percebesse?!"

Apertou as mãos, estavam úmidas; os dedos gelados, as palmas ardentes. Febre, pânico. "Mas não poderia ter morrido ao meu lado, eu teria ouvido alguma coisa... As pessoas não morrem assim, de repente, durante o sono. Gemem e lutam, resistem. A morte vem vestida de preto, com a foice comprida de prata... Mas não é possível assim, de repente..."

O sr. Nazarie levou as mãos às têmporas. Sanda jazia, ainda era possível distinguir seu rosto no lusco-fusco do quarto. "Se o médico voltasse" – consolava-se o sr.

Nazarie. "Se eu tivesse coragem de me aproximar da cama, de tocar em sua face, sentir"... Mas talvez a face dela estivesse gelada ou ele teria essa impressão... Ainda tinha como fugir. Ainda tinha força suficiente para fugir...

Deu um passo na direção da porta. Que sono estranho, desabitado por sonhos! Nem um gemido de sofrimento; nem um dedo se move naquele corpo distante. O peito não freme. Será que os lábios se mexeram, será que o teriam chamado repetidamente, sem que ele ouvisse?... "Se eu for embora agora, estará mais escuro no corredor. E talvez haja *outra pessoa*, junto à porta, à minha espera. É sempre assim, eles ficam à espreita, com o ouvido grudado na porta, segurando a respiração e ouvindo o que estamos falando. Antecipando o que faremos... É assim. Alguém está ao nosso lado, invisível e imperceptível, nos observa e lê nossos pensamentos, no aguardo. *Antecipando o que faremos...*"

"Ígor saiu faz tempo. Saiu e me trancou à chave aqui, com Sanda..." O sr. Nazarie se inclinou, de joelhos, junto à porta. Encostou nela o ouvido. Nada se ouvia. O silêncio, porém, aquela solidão congelada o horripilava ainda mais. Por que não passava ninguém pelo corredor, por que não caía nada naquela casa, por que não se ouvia nenhum cachorro latindo lá fora? O casarão parecia ter renascido todo no meio de um deserto – ou mergulhado num sonho esquecido. O ar parecia envelhecido, estranho, gelado. Ígor estava em algum lugar do lado de fora – ou talvez tivesse ido embora de verdade...

Agora estava bastante escuro. Os olhos do sr. Nazarie viam pasmos como se acumulavam as ondas de escuridão, uma depois da outra, penetrando pela janela, esmagando-lhe a transparência, extinguindo o lustro do vidro. Talvez devesse acender uma luz. Mas a luz reaviva as sombras, a chama do fósforo treme. "É melhor ficar assim. Silêncio, silêncio. Para eu poder ouvir os outros. Não vou me mexer."

Teve a impressão de ouvir uma respiração profunda vinda de algum lugar; uma única respiração que não acabava mais. O sr. Nazarie tampou os ouvidos. "Não posso enlouquecer, não posso... Um, dois, três, quatro... Nossa Senhora Mãe de Deus!..." A respiração ainda se ouvia, mais forte, como se viesse de dentro do seu coração, dentre as suas têmporas, ressoando vitoriosa, embora ele apertasse a cabeça com força nos dedos. Não ousava olhar para Sanda. Pôs-se junto à parede. "Assim talvez ela não me veja. Pode se assustar se me vir assim de repente ao seu lado, ou talvez não me veja e não saiba que morreu, não terá como saber..."

Ouviu de repente um chamado:

- Senhor professor!

A voz vinha de outra parte. A respiração longa e pesada agora batia com força na porta.

- Abra a porta, senhor professor!

A voz vinha de muito longe. Ele a ouvia, porém surda, modificada, como se viesse das profundezas da terra. Tirou os dedos do ouvido. As batidas na porta se adensavam. Aproximou-se.

- Senhor professor!...

Às apalpadelas, deu com a chave. Que estranho! Quem a pusera ali, do lado de dentro, sem avisá-lo?...

Simina entrou. Ele deparou com ela na sua frente, vestida de branco. Ficou na soleira da porta, à espera.

- Morreu? - perguntou ela.

- Não sei...

A menina se aproximou da cama e inclinou o ouvido sobre o peito de Sanda. Auscultou-a por muito tempo, atenta.

- Onde você está? - perguntou ela de novo.

- Aqui, ao lado da porta - respondeu o sr. Nazarie, obediente. - Não está me vendo?...

Simina não respondeu. Aproximou-se da janela, como se esperasse ali encontrar um rosto conhecido, a testa grudada no vidro, esforçando-se em ver o lado de dentro, à espera... O sr. Nazarie vislumbrou a silhueta branca de Simina colada à janela e começou a tremer.

- Onde está Ígor? - perguntou ele, assustado.

- Não sei. Ficou lá fora. Está esperando o médico... Por que você trancou a porta? Será que você também noivou com a Sanda...

O sr. Nazarie abaixou a cabeça, envergonhado. Não ousava ir embora. Ainda estava escuro demais no corredor e Ígor estava longe, lá fora.

- Como *ela* está? - perguntou de novo o sr. Nazarie.

- Está viva... o coração ainda bate...

Simina sussurrava. Mas em seguida pôs-se a rir. Deu alguns passos.

- Você está com medo?!

- Não, senhorita - disse o sr. Nazarie, severo.

- Mas você não se aproximou dela, ficou com medo... Onde você está? - perguntou de novo, ríspida. Não o estou encontrando...

- Aqui, ao lado da porta...

- Venha até mim...

Submisso, o sr. Nazarie obedeceu à ordem. A menina pegou em seu braço e segurou a mão dele com suas mãozinhas geladas.

- Senhor professor - sussurrou -, não sei o que está acontecendo com a mamãe... Temos de vigiá-la... Por favor, procure Ígor e vão vocês dois lá para cima, para o quarto dela...

O sr. Nazarie começou a tremer todo. A voz da menina era outra, irreconhecível; parecia emanar de antigas lembranças, de sabe-se lá que sonho...

- Vou procurá-lo - sussurrou ele, recolhendo a mão. - Mas estou com medo de passar pelo corredor. De esbarrar em algum móvel. Não tem nenhum fósforo neste quarto?

- Não tem - respondeu Simina, rígida.

O sr. Nazarie saiu, hesitante. Simina aguardou até que os passos dele se tornassem inaudíveis para, em seguida, fechar a porta, trancá-la e aproximar-se da janela. Permaneceu alguns instantes meditativa. Subiu numa cadeira para alcançar o puxador da janela e a abriu. Lá fora, a escuridão estava dividida ao meio, ao longe, no meio do céu, por um olmo. No alto, uma lua crua, pálida, desfalecida.

* * *

O sr. Nazarie encontrou Ígor apoiado na balaustrada da varanda. Olhava para baixo, no vazio; não se atrevia a levantar o olhar.

- Sanda ainda não acordou! - sussurrou o sr. Nazarie. - Simina entrou no quarto dela. E ficou por lá...

Tinha a impressão de que Ígor não o ouvia. Pegou-lhe no braço.

- O que houve com você? Onde esteve até agora...

- Estive atrás dela - respondeu Ígor vagamente. - Procurei-a por toda parte...

Deu um suspiro e passou a mão no rosto. O sr. Nazarie observou, à luz oblíqua da lamparina da varanda, as manchas de sangue ao redor dos seus lábios. Só então percebeu como Ígor estava descabelado e com a roupa desordenada.

- O que houve com você? - perguntou de novo, inquieto. - O que é que você tem na boca?...

- Eu me arranhei... Eu me arranhei entre as acácias - respondeu Ígor, ausente, erguendo o braço e apontando-o mole para o jardim. Lá...

O sr. Nazarie o observava, cada vez mais assustado. Quem acendera a lamparina de querosene da varanda, naquele casarão deserto? Não se ouviam passos, nenhuma voz chegava aos seus ouvidos.

- Quem acendeu a lamparina? - perguntou ele baixinho.

- Não sei. Eu a encontrei assim, acesa... Talvez a babá...

- É melhor irmos embora - sussurrou o sr. Nazarie. - Vamos esperar o médico e ir embora junto com ele...

- Agora é tarde demais - respondeu Ígor após uma longa pausa. - Agora não faz mais sentido...

Apoiou a testa nas palmas das mãos.

- Se eu soubesse o que aconteceu, se eu pudesse entender o que aconteceu - sussurrou.

Ergueu a cabeça na direção da lua de um branco cru, por cima do olmo.

- Estava pensando em chamar um padre - disse o sr. Nazarie. - Esta casa e seus habitantes me oprimem...

Ígor pôs-se a caminhar na direção do canteiro maior. Ali eram cultivadas flores brancas, perfumadas. Ali o ar era mais puro, como se mantivesse um permanente e renovado frescor.

- Mas alguma coisa aconteceu com você - acrescentou o sr. Nazarie, aproximando-se de Ígor.

Não quis deixá-lo distanciar-se demais do casarão. Tinha medo daquela escuridão, da sombra das acácias.

- Às vezes tenho a impressão de estar sonhando - disse o sr. Nazarie mais para si mesmo.

- Também tenho essa impressão - sussurrou Ígor. - Queria entender o que aconteceu... Procurei Simina, procurei-a por toda parte... E você a encontra sem procurá-la...

Parou de caminhar, exausto.

- Eu lhe pedi para ficar no quarto de Sanda e vigiá-la - acrescentou. - Tenho medo de ela ficar assim como está agora, sozinha...

- Simina me disse para cuidarmos de dona Moscu - desculpou-se o sr. Nazarie, acanhado. - Pois alguma coisa pode acontecer a ela também...

Ígor parecia se recobrar do sono encantado em que o sr. Nazarie o encontrara.

- Mas nem sei onde poderia estar agora dona Moscu - disse ele. - Temos de chamar alguém para nos ajudar...

O sr. Nazarie tentou retê-lo de novo. Ígor imergia longe demais pelas alamedas, por entre as acácias. E certas coisas não devem ser ditas no meio da escuridão.

– Como é que você se arranhou tanto? – perguntou o sr. Nazarie. – O que houve?

Ígor continuou andando, sem responder. Era como se algo o chamasse, do outro lado do canteiro de flores. Arbustos de lilases e alfarrobeiras silvestres cresciam livres por ali, confundindo entre si as raízes. Um aroma noturno pairava debaixo de suas folhas vivas e pérfidas. Eram como inúmeros espíritos mortos que há muito tempo não falavam mais, confiando uns aos outros, no tremor de suas folhas, as últimas notícias e zombarias.

– Logo virá o médico – disse o sr. Nazarie a fim de romper o silêncio.

Não gostava dali. Devia voltar. Devia deixar Ígor sozinho e voltar para a varanda, para a luz da lamparina de querosene. O médico haveria de chegar logo.

– Não entendo o que você pretende fazer – disse ele de novo, mais ríspido. – Eu vou voltar. Vou esperar o médico e depois vou embora. Seria o caso de vir um padre até aqui... Senão todos vão enlouquecer...

Com que coragem, com que clareza falara. Confessava a si mesmo os próprios pensamentos que não quisera reconhecer até então. Um padre, uma missa, muita gente, muita luz...

– Estou com dor de cabeça – disse Ígor muito depois. – Quero passear um pouco sozinho, quero descansar um pouco por aqui...

Suspirou profundamente, erguendo a cabeça para o cume das acácias. A lua estava agora mais próxima, mais prateada, o céu se tornara mais claro ao seu redor, abrindo-lhe espaço para passar.

* * *

Mais tarde, o sr. Nazarie viu o médico voltando com alguns pássaros na mão. Aguardava-o na varanda, ansioso. Agora já não ia estar mais sozinho. Ademais, o médico era um jovem reconfortante e sem superstições.

– Ouviu os meus tiros? – perguntou o médico com uma voz ressequida. – Cacei ao redor do jardim. Pelo menos é o que acho, pois acabei me perdendo... Minha mira não é das melhores – acrescentou, mostrandos os pássaros abatidos. – Espero que prestem para alguma coisa...

Subiu os degraus da varanda e se atirou numa poltrona de vime.

- Mas não tem ninguém por aqui? - perguntou ele. - Estou louco para beber um copo d'água...

- Acho que não tem mais ninguém - disse tranquilamente o sr. Nazarie. - O pessoal foi para o vinhedo... Mas não deve ser difícil encontrar água...

Os dois entraram na sala de jantar, o sr. Nazarie segurando a lamparina com a mão direita. O médico encheu dois copos de água.

- O senhor Paşchievici - disse ele, repentinamente entusiasmado -, parece que é esse o nome dele, senhor Paşchievici... tenho a impressão de que está fazendo amor ao luar...

Deu uma risadinha, embaraçado, e apertou a testa com a palma da mão, como se apalpasse feridas invisíveis. Porém logo se recompôs. Percebeu que não podia dar risadas na casa de uma doente.

- Como vai a nossa senhorita? - perguntou ele, esforçando-se em parecer interessado.

- Ainda está desmaiada - respondeu o sr. Nazarie. - Desmaiou uma hora depois de sua partida... Se é que já não morreu...

O sr. Nazarie falou com tanta serenidade, tão solene, que o médico se petrificou ao seu lado, as pupilas imóveis.

- Espero que se trate de uma piada - disse ele, tentando engendrar um sorriso. - Mas nós, médicos, somos geralmente pessoas desprovidas de humor... Preciso vê-la imediatamente!

Foi para o aposento ao lado, bastante preocupado, e lavou as mãos. Estava nervoso, tenso.

Os dois foram para o quarto de Sanda. O sr. Nazarie segurava a lamparina com a mão direita, numa altura acima de seu ombro.

- Disseram-me que essa gente é muito rica - sussurrou o médico enquanto caminhavam pelo corredor.

O sr. Nazarie não dizia mais nada. Os lugares agora pareciam outros. O corredor exalava um cheiro diferente; um ar mais fresco, revigorado, íntimo. A desolação não o oprimia mais. Ouviam-se vozes de gente jovem, muitas vozes, próximas dali.

- Aqui - disse o sr. Nazarie, mostrando a porta do quarto de Sanda.

O médico bateu na porta, segurando a respiração. Entraram. No quarto, ardia uma lamparina com uma luz forte, coberta por uma enorme cúpula cor de pêssego. Dona Moscu ergueu-se da cadeira, sorrindo calorosamente aos hóspedes. Simina esperava à margem da cama, quietinha, olhando para baixo.

- Como vai a nossa senhorita?! - perguntou o médico, sussurrando.

- Dormiu muito bem - respondeu dona Moscu -, dormiu a tarde toda. Mal pudemos despertá-la...

Lançou um sorriso de amor infinito na direção de Sanda, que estava com a cabeça apoiada numa montanha de travesseiros. A moça parecia bastante cansada, porém calma, resignada. O médico pegou-lhe a mão, procurando sentir-lhe o pulso. Franziu o cenho, admirado; em seguida, a admiração se transformou em inquietude, em assombro.

- Parece muito estranho - sussurrou ele.

Procurou o olhar do sr. Nazarie, mas o professor não teve coragem de encará-lo. Olhava para o vazio, para o meio do quarto. "Que medo absurdo me acometeu, que sonhos absurdos tive aqui poucas horas atrás..." Tudo era diferente agora. Tudo era familiar, íntimo, natural.

- ... Mas é incompreensível - disse de novo o médico. - Tenho a impressão de que a febre está aumentando... Mediram sua temperatura?

- Agora eu me sinto muito melhor - sussurrou Sanda.

O sr. Nazarie estremeceu. Que voz mortiça, lacrimosa... Sentira a proximidade da morte nas profundezas do seu ser. Era uma voz que se preparava para o grande silêncio.

- Passou por grandes emoções hoje - interveio dona Moscu. - Imagine que ela, inesperadamente, noivou.

E pôs-se a rir, olhando ora para Sanda, ora para os dois homens.

- Noivou nesta cama com o senhor Paşchievici! - exclamou ela. - Imagine só!

Não aparentava estar nada incomodada por esse estranho noivado. Ao ouvir o nome de Ígor, o médico olhou de novo para o sr. Nazarie. Dessa vez, seus olhares se entrecruzaram. "Não entendo mais nada" - pensava o médico. "Esse Paşchievici é maluco..."

- É uma noiva impaciente - disse dona Moscu. - O noivo dela, senhor Paşchievici, prometeu levá-la daqui em breve para se casarem em Bucareste.

- Não é verdade, mamãe - defendeu-se Sanda com uma voz ainda mais fraca. - Farei do jeito que você quiser, do jeito que você quiser...

Simina pôs-se a sorrir. O médico a fitou sem compreender a seriedade de seu rosto, a dureza de seu olhar, seu sorriso tirânico. Que criança precoce...

- Mas está na hora do jantar - disse dona Moscu. - Simina, diga à babá que ponha a mesa...

* * *

Ao retornarem à sala de jantar, a babá já os esperava à porta.

- Só temos leite e queijo - disse ela, aproximando-se de dona Moscu.

- Temos de encontrar mais alguma coisa - disse dona Moscu. - Olhe, deve haver mais alguma coisa na despensa, geleia, fruta, biscoito.

Ao ouvir isso, o médico enrubesceu repentinamente. Sentiu-se ridículo, comprometido, ofendido. Ficou para o jantar sem ter sido convidado... Procurou o olhar do sr. Nazarie como quem procura um cúmplice. Só encontrou, porém, o mesmo sorriso distante e amargo de Simina. O sr. Nazarie saíra na varanda para trazer Ígor. Vislumbrara-o caminhando pela alameda principal, lentamente, sem pressa. Foi atrás dele, como se tivesse de despertá-lo.

- Sanda está passando bem, fui lá com o médico - disse ele rapidamente. - Falei com ela. Está muito enfraquecida, mas não se encontra mais em perigo...

Verificou rapidamente o rosto e as roupas de Ígor. Parecia ter-se recobrado, seu cabelo estava penteado, as roupas estavam limpas. E o seu rosto agora parecia mais concentrado, mais viril.

- Eu também me senti muito mal, mas já passou - disse Ígor. - Mas temos de ficar juntos depois do jantar... Temos que tomar certas decisões...

Quando os dois entraram na sala de jantar, os olhares de Ígor e Simina se cruzaram. A menina o fitou quieta, ajuizada, assim como se espera que uma criança bem-educada olhe para um hóspede. "O que é que aconteceu *lá?*" - pensou Ígor, aterrado. "O que é que aconteceu de verdade, e o que foi sonho?!..."

- Nossos parabéns pelo noivado, senhor Paşchievici! - disse dona Moscu, irônica.

Ígor se inclinou. Mordeu os lábios, refreando-se. Encontrou, contudo, a ferida inchada do lábio inferior e se apavorou. Olhou de novo para Simina. A menina parecia nada observar. Esperava o sinal para sentar-se na cadeira. A babá estava atrasada com o jantar...

O sr. Nazarie falava aos sussurros com o médico, na entrada da varanda. Embora soubesse da grave impolidez que cometia, Ígor deixou dona Moscu sozinha com Simina e aproximou-se deles. Falavam de Sanda. Ao ver que Ígor se aproximava, o médico se calou, sem jeito.

- Perguntava-me como o senhor voltou sozinho - disse ele finalmente. - Onde deixou a senhora... ou talvez fosse senhorita?!...

Ígor deu um sorriso desajeitado, piscando várias vezes os olhos, esforçando-se por compreender.

- ... A senhorita com quem o senhor estava passeando pelo jardim uma hora atrás - explicou o médico, embaraçado. - Estava voltando da caçada e os vi, aliás, sem querer... - Sorriu de novo, olhando ora para o professor, ora para Ígor.

- É verdade que passeei por muito tempo no jardim, mas passeei *sozinho*... - disse Ígor, em voz baixa.

- Talvez eu tenha cometido alguma indiscrição... - desculpou-se o médico.

- Absolutamente - interrompeu-o Ígor. - Mas garanto-lhe que eu estava passeando sozinho. Ademais, num raio de dez quilômetros não existe outra fazenda. E imagino que o senhor já tenha conhecido todos os membros da família Moscu...

O médico o escutava aturdido, avermelhado. No início, pareceu-lhe tratar-se de outra piada - assim como fizera o sr. Nazarie com relação à morte de Sanda. Depois, receou que Ígor estivesse brincando com ele.

- De qualquer modo, eu vi muito bem - disse ele, com certa arrogância. - De longe, me surpreendeu justamente o vestido tão luxuoso e elegante, demasiado elegante eu diria, para um passeio no jardim...

O sr. Nazarie aterrou-se e cerrou os olhos. Ígor agora escutava mais atento e mais perturbado com as palavras do médico.

- Talvez tenha sido isso que me tenha feito observar com tanta indiscrição o casal... a roupa...

Naquele instante, Simina irrompeu no meio deles.

- O leite está esfriando - disse ela com extrema polidez, convidando-os à mesa.

Os três homens entraram na sala de jantar, olhando-se admirados.

XIV

O médico estava se sentindo muito cansado, de maneira que foi o primeiro a se retirar para o quarto que a babá lhe preparou. A caçada o exaurira. Sobretudo a refeição o perturbara, aquela gente nervosa, doente, que só falava por meio de palavras inadequadas. E com que vergonha consumira aqueles dois pratos de leite quente e o maior pedaço de queijo – pois só ele e dona Moscu estavam realmente com fome... A refeição mais infeliz de sua vida; justamente numa fazenda, numa família tão rica... Apesar de tudo, logo depois do jantar, dona Moscu lhe entregou um envelope com mil lei. O pagamento fazia jus ao nível de boiardo...

Não gostava nem um pouco daquele quarto, de onde alguém parecia ter-se mudado recentemente, alguém que morara ali por um longo período, impregnando as paredes com sua alma. A mobília parecia ter sido arranjada por determinada mão, favorecendo determinada ordem que ele desaprovava. O quarto emanava um cheiro de flores colhidas há muito tempo e que já haviam murchado, talvez em cima do armário, ou dentro do baú diante da lareira. Um único quadro, embaçado e cheio de manchas de moscas, dependurava-se acima da cama. Quadro sem dúvida amado por alguém, pois não tinha um ar triste, nem solitário, dependurado como estava, fazendo parte da intimidade da cama. "Alguém morou aqui até poucos dias atrás e me ofereceram o quarto porque está mobiliado e toda a roupa de cama está à mão" – pensou consigo o médico.

Desvestiu-se às pressas, apagou a luz e se atirou na cama. "Será uma noite curta, pois amanhã ao raiar do sol a empregada vai me acordar para eu poder tomar o primeiro trem para Giurgiu. Mas que gente estranha, esses hóspedes. E, apesar de tudo, de muita boa vontade: vão acordar também eles de manhãzinha para me levar à estação de trem. Nem quiseram se despedir. Fazem questão de me acompanhar. Hmm!..."

Teve a impressão de que adormeceria muito em breve. Diante de si, à janela, a lua o vigiava.

* * *

- Precisamos rezar juntos - disse o sr. Nazarie, tentando parecer calmo. - Isso vai nos ajudar...

Enquanto falava, parecia se sentir contaminado pelo terror detectado nos olhos de Ígor.

- Você realmente *acredita* em tudo o que o médico disse? - perguntou o sr. Nazarie. - É possível existir tal monstruosidade?...

Outrora, muito tempo antes, no campo - numa noite idêntica àquela - alguém levantara a mesma questão. Mas naquele momento fazia mais frio, era o período das ventanias, não havia esse silêncio sem igual, marmóreo. Agora, nem os próprios passos pelo quarto iluminado pela lamparina logravam eliminar aquela desolação. Os ruídos pareciam perder-se num feltro, enfeitiçados.

- Precisamos rezar - insistiu o sr. Nazarie - para ganhar coragem...

Ígor encheu mais um copo de conhaque, sem responder. Sorria, embora sua mão tremesse pousando a garrafa na mesa.

- Temo por Sanda - disse ele. - Talvez nem devêssemos dormir esta noite... Deveríamos vigiá-la, eu pelo menos...

O sr. Nazarie aproximou-se da janela. Estava aberta, permitindo que a noite, com sua escuridão, se despejasse caudalosa para dentro.

- Não vai fechá-la? - perguntou ele. - Vai dormir assim?

Ígor tentou esboçar um riso.

- Não tenho medo de janela aberta - disse ele, com um tom seco. - Não vai acontecer nada...

Com um gesto breve, apontou para o jardim, a lua, o céu.

- Nem do luar eu tenho medo - acrescentou. - Logo desaparece, aliás... Depois da meia-noite a lua vai se pôr...

O sr. Nazarie sentia, pela voz dele, que terrível pavor o envolvia. Ígor falava quase que em transe. Ou talvez tivesse se embebedado? Tão rápido...

- Se quiser, durmo aqui com você esta noite - disse o sr. Nazarie.

Ígor pôs-se a dar risada. Atirou-se ao sofá, com o cigarro aceso entre os dedos. Sua voz agora estava mais grossa; tentava modulá-la, não sem certa vulgaridade e trivialidade.

- Isso é impossível - disse ele. - Tenho de honrar minha promessa. Custe o que custar... Não hei de fechar os olhos a noite toda...

"Mas será *meu* este pensamento, meu *verdadeiro* pensamento?" - perguntou-se Ígor, horrorizado. "Ou será ela que me ordena o que falar e o que fazer?!..." Ao sentir de repente que o quarto começou a girar, ele segurou a cabeça com as mãos. Com os olhos entreabertos, o sr. Nazarie pôs-se a rezar. De vez em quando ouviam-se breves fragmentos de suas palavras, sem sentido, pronunciadas ao acaso.

- Se eu pudesse lembrar tudo o que aconteceu - disse Ígor mais para si mesmo.

De súbito ouviu-se à distância um ruído surdo, ao que os dois se olharam longamente, mais pálidos. Era como se alguém tivesse se chocado contra uma parede, ou como se uma mesa maciça de madeira tivesse estremecido, em algum lugar no fim do corredor. O sr. Nazarie lembrou-se então, com absurda precisão, das palavras da canção *Les vieilles de notre pays*... Fitou profundamente os olhos de Ígor. "Não foi impressão minha; ele também ouviu a mesma coisa..."

- Alguém retornou do vinhedo e está à nossa procura - disse Ígor, pronunciando as palavras com vagar e destemor.

- Sim, são passos de gente - disse o sr. Nazarie.

Ouviu de novo. Os passos se aproximavam, pesados, pisando ao acaso. Parecia carregar alguém nas costas a pessoa que pisava desavorada pela escuridão.

- Será que aconteceu alguma coisa com Sanda? - perguntou-se Ígor, assustado.

Pôs-se de pé num pulo, aproximou-se da porta e a abriu. Em seguida, permaneceu na soleira, com os punhos cerrados. Alguns instantes depois, apareceu o médico, de camisa de dormir e botas de caçador. Tremia de frio. Com a mão direita, ameaçador, segurava sua espingarda.

- Não os incomodo? - balbuciou ele, entrando no quarto e fechando rápido a porta. - Estava sem sono, e pensei que...

Sentou-se exausto na beira da cama. As botas atingiam pesadas o assoalho, com um rumor surdo.

- Estava sem sono - acrescentou - e então achei melhor...

Sentiu-se ridículo ao sentar-se na beira da cama, vestido só de camisa de dormir, com a espingarda na mão, esforçando-se em fazê-la menor, escondê-la.

- Não sabia muito bem onde era o seu quarto - disse o médico, tremendo. - Então trouxe comigo esta espingarda, para não tropeçar nos móveis... Está tão escuro no corredor...

- Ela ao menos está carregada? - perguntou Ígor, irônico.

- Cacei com ela o dia todo - disse o médico. - É uma ótima espingarda...

Calou-se subitamente, olhando ora para um, ora para o outro.

- Continuem conversando, por favor - disse ele, ao ver que os outros o observavam com a mesma perplexidade. - Espero não tê-los incomodado.

- Absolutamente - interveio o sr. Nazarie. - Estávamos justamente nos preparando para ir para a cama...

- Vocês dormem no mesmo quarto?! - perguntou-lhes o médico, assustado mas também com um visível quê de inveja.

- Não. Este é o quarto do senhor Paşchievici. Trata se, aliás, do quarto mais bonito, com terraço - disse o sr. Nazarie.

- A cama é ótima, excelente - sussurrou o médico.

Observou com atenção, pálido, nervoso, a madeira trabalhada da cama. Em seguida olhou, envergonhado, nos olhos dos outros. Ígor encheu-lhe um copo de conhaque.

- Para que não pegue um resfriado - disse ele com suavidade, estendendo-lhe o copo.

Ávido, o médico o apanhou e o esvaziou num só gole. Apertou mais confiante o cano da espingarda. "Neste quarto há tanta luz, tanta segurança... Aqui a cama não estremece, nenhum móvel se mexe, o assoalho não trepida sob os raios do luar. Aqui, a lua não desce na altura da janela, nem as mariposas são numerosas..."

- Que estranho, como perdi o sono...

O médico começou a se recolher. Perdera o sono, passara o cansaço. Mas, se fechasse os olhos, sentiria de novo o mesmo leve tremor da cama, a mesma vibração doentia dos travesseiros - tinha certeza de que sentiria de novo o delírio do seu quarto. Aquele balanço anormal da cama, aquele terror com que despertara bruscamente, como se houvesse surpreendido durante o sono uma mão gigantesca por debaixo das cobertas, sacudindo-o...

– Espero não tê-los incomodado – disse ele de novo, sempre segurando com força o cano da espingarda.

O que seria dele sem a arma, como teria atravessado sozinho, naquela escuridão, aquele corredor infindo e deserto, até ali?...

– Não estamos muito falantes esta noite – disse Ígor. – É um prazer tê-lo conosco.

– Que horas devem ser? – perguntou o médico.

– Onze e quinze – precisou Ígor, sorrindo.

– E eu que preciso acordar tão cedo – gemeu o médico. – A estação de trem fica muito longe?!...

– A seis quilômetros daqui. Mas você quer partir agora?!...

O médico se absteve de responder. Olhava de novo para a cama, com uma expressão de surpresa. Em seguida, levantou-se e pôs-se a caminhar pelo quarto.

– Para lhes dizer a verdade, perdi o sono – disse ele, olhando para baixo. – E não gosto nada do quarto que me deram... É tão isolado... E também é muito velho; todos os móveis estalam... interrompendo meu sono...

Ígor olhou para o professor, mas o sr. Nazarie evitou o seu olhar.

– Se quiser, o senhor pode se deitar no meu quarto – disse ele ao médico.

– E o senhor dormirá aqui?

– Não, ficaremos juntos... há duas camas no meu quarto...

Os olhos do médico cintilaram de alegria. Aproximou-se bruscamente do sr. Nazarie.

– Ademais, temos a espingarda conosco, não tenha medo – apressou-se em dizer. – Vamos dormir com a espingarda ao lado... Isso se eu conseguir dormir – acrescentou ele em voz baixa –, pois perdi o sono...

* * *

Na soleira da porta, Ígor lhe perguntou:

– Sinceramente, o que o senhor acha da senhorita Moscu?!

O médico piscou os olhos.

– Acho que não vai durar muito – disse ele sem prestar atenção.

– É minha noiva – interrompeu Ígor com rispidez, olhando-o nos olhos.

– Na verdade... Na verdade, é estranho – sussurrou o médico. – Mas é possível...

Ígor ficou bastante tempo junto à porta, ouvindo como os passos se distanciavam. Como ele se acalmara tão milagrosamente? Estava tranquilo, lúcido; sentia-se forte, destemido. Meteu as mãos nos bolsos e pôs-se a caminhar pelo quarto, meditativo. "Quase meia-noite" – lembrou-se. Mas a hora não tinha importância alguma, aquelas antigas, antiquíssimas superstições não tinham a menor importância... Só a sua força de vontade e sua fé, só o seu grande amor por Sanda o mantinham corajoso e consciente.

Não se ouviam mais ruídos, não se ouviam mais passos. A lua se punha em algum lugar atrás do jardim. Ígor sentiu-se sozinho e isso o fortalecia, o encorajava. "Basta não sonhar" – disse ele, crispando-se. "Ou talvez, quem sabe, basta despertar mais rápido do sono..." Batia com as mãos uma na outra. Não dormia. "Veja só, aqui está a lamparina acesa, ali pela janela entra a escuridão, aqui estão a cadeira e a mesa, bem como a garrafa quase vazia de conhaque. Todas as coisas estão como de costume, todas as coisas estão no quarto assim como costumam estar durante o dia, e também durante o sonho..."

Pôs-se a caminhar de novo, com passos largos, ritmados. "Tenho de despertar" – disse consigo. "Se eu dormir mesmo, não é possível que eu não consiga despertar. Ouvirei a voz *dela*, sentirei o perfume de violeta – e então vou despertar."

Mas nada ouvia. Em suas narinas penetrava o mesmo ar gelado, áspero, que se alastrava pela janela – e, por vezes, o aroma do conhaque se misturava a uma vaga lembrança de tabaco. Tudo isso acontecia no seu quarto.

Passou algumas vezes ao longo da porta, sem a resolução de trancá-la. "É melhor assim, destrancada. Assim como me foi dito durante o sonho. Se o meu amor é mais forte, se..." Quis dar continuidade ao pensamento: "... se Deus e a Mãe de Deus me ajudarem...". Não foi capaz, porém, de concluir o raciocínio sobre a esperança e coragem. Sua mente obscureceu-se por um instante. Tinha a impressão de estar lutando para despertar de um sonho. Estendeu os braços; sentiu-os diante de si, arqueados, levemente trêmulos. Não estava sonhando. Aquele dia as coisas haveriam de acontecer de *outra maneira...*

Resolveu: *não trancaria a porta*. Só fecharia a janela. Aliás, fazia frio. Na verdade, fazia demasiado frio...

Com que tranquilidade sentou-se à mesa, com que calma apoiou o queixo entre as palmas das mãos, olhando para a porta, crispado mas ao mesmo tempo com um brilho juvenil nos olhos...

XV

As horas se arrastavam. Passado muito tempo, Ígor percebeu que o cigarro se apagara na borda fria do cinzeiro, o cigarro que ele acendera muito tempo antes, talvez até sem perceber. O que fizera naquele meio-tempo, por onde teriam deslizado seus pensamentos?... A lamparina fumegava levemente, como se vibrasse a uma respiração alheia, imperceptível. E contudo não havia mais ninguém no quarto, ninguém viera ainda. O quarto estava como no início – intacto, inabalável, desolado. Ígor surpreendeu-se ao dar por si sentado à mesa, plácido, desmemoriado. Não se sentia nem mesmo inquieto. Uma indiferença infinda dominava sua mente; nenhum milagre seria capaz de emocioná-lo. Era como se ele repentinamente se visse dentro de um sono incomum, em que os sonhos são sonhados em conjunto por várias pessoas, pessoas invisíveis mas perceptíveis...

Levantou-se da cadeira e se aproximou da lamparina, diminuindo-lhe o pavio. Deu-se conta de que esfriara bastante no quarto, embora não sentisse frio *dentro de si*: constatava-o somente ao seu redor, como algo exterior. Dirigiu-se até a janela. Ao encontrá-la fechada, colou por um instante a testa ao vidro e olhou para fora, noite adentro. Teve então a impressão de ouvir, ao longe, um gemido. Teria sido um gemido ou um estalo de assoalho seco, debaixo dos passos de alguém? Deixou a janela e escutou com atenção, erguendo um pouco a cabeça. "*Não tranque a porta à noite*" – lembrava-se com precisão das palavras de Simina. Como se ela não pudesse estar ali e lhe insuflasse, por intermédio do sonho, por entre os vidros da janela... Sem dúvida, alguém gemera ao longe, no sono. Talvez o sr. Nazarie, ou antes o médico.

Ígor sentou-se de novo à mesa. "É inútil enganar a mim mesmo; em vão digo que foi um gemido, só para não ouvir os passos dela; em vão." O assoalho não estalava mais, nem os bancos de madeira vibravam. Ouvia-se agora com clareza o rumor de passos leves, apressados, ao longo do corredor. "Se eu conseguisse despertar" – pensou Ígor, crispado. Percebeu em seguida que de novo tentava se enganar, achando que tudo o que acontecia estava ocorrendo durante o sono, com a esperança de estar *sonhando*.

De súbito sentiu-se arrependido por não ter feito nada até então, por não ter-se preparado, contentando-se apenas em esperar. Sentiu, exausto, a passagem do tempo; sem esperança, sem volta, os instantes fundiam-se uns aos outros, consumindo-se pesados, vazios, sem sentido. Os passos ressoavam havia uma eternidade. Os sons chegavam com dificuldade até ele, fracos e surdos. Um leve arrastar de sapatos diante da porta e em seguida alguns instantes de silêncio. "Alguém está esperando lá fora, vacilante, ou talvez a porta esteja realmente trancada?" – desejou Ígor, trêmulo. "Talvez eu a tenha trancado durante o sono. E então ela não vai se atrever a entrar..."

Ouviu então algumas batidas breves e rápidas, batidas de mulher emocionada. Ígor levantou-se da cadeira, permanecendo porém com ambas as mãos cravadas na mesa. Estava bastante pálido, seus olhos ardiam enfeitiçados dentro das órbitas – arroxeados, ríspidos, doentios. As batidas se fizeram ouvir de novo, dessa vez mais impacientes.

– Entre! – gemeu Ígor.

Sentiu a garganta seca, o peito sem ar. A porta se abriu lentamente e, na soleira, apareceu a senhorita Christina. Seu olhar pousou exatamente nos olhos de Ígor. Fitou-o assim por alguns instantes. Em seguida, seu rosto se iluminou num sorriso inigualável. Voltou suavemente o braço para a porta e girou a chave.

* * *

Com os olhos abertos na escuridão, olhando para o alto, o sr. Nazarie respirava devagar, quieto, para poder escutar o que acontecia com seu companheiro de quarto. O médico parecia ter-se levantado e procurava alguma coisa em cima da mesa, tateando no escuro, esbarrando nos objetos e em seguida segurando-os com força, para não tremer. Os sons ressoavam estrangulados, paralisados por uma mão invisível. Irrompiam com uma sonoridade ferida, doentia, para logo se afogarem no feltro, de modo que o silêncio que se seguia parecia ainda mais anormal, mais ameaçador.

O sr. Nazarie escutava tudo aquilo de lábios contraídos, sem ousar se mexer, sem se atrever a enxugar o rosto que suava frio. Jamais transpirara assim, o corpo todo afogado num suor gelado. Talvez o médico tivesse se assustado durante o sono e andasse agora pelo quarto sem conseguir despertar. E, no momento em que despertar, com que assombro gritará na escuridão que o oprime por todos os lados!...

Então ouviu, bem ao seu lado, uma garra a arranhar a parede, deslizando vagarosamente ao longo dela, como se a verificasse e tentasse atravessá-la. O sr. Nazarie deu um pulo para o meio do quarto; tinha as mandíbulas cerradas e as mãos geladas. Esbarrou num corpo hirto. O médico soltou um gemido apavorado quando o sr. Nazarie pegou-lhe no braço.

- O que você estava fazendo aqui? - perguntou-lhe o sr. Nazarie, com a voz embargada.

- Tive a impressão de que havia alguém andando - sussurrou o médico. - Tive a impressão de que alguém arranhava a parede do lado de fora... Você também ouviu alguma coisa?...

- Talvez seja um pássaro no outro quarto - disse o sr. Nazarie.

Mas tinha certeza de que não se tratara de um pássaro. A garra deslizara pela parede com força demasiada, rígida.

- Procurava alguma coisa na mesa? - perguntou o sr. Nazarie. - Você me assustou...

- Não fui eu - confessou o médico. - São fantasmas, espíritos malignos...

Estava delirando. Suas mãos tremiam. Quisera apanhar a espingarda que deixara apoiada na cama, mas teve medo de se distanciar do sr. Nazarie. Agarrara-lhe o braço e o segurava firme.

- Você tem fósforos? - perguntou o sr. Nazarie, a voz contida.

- A caixinha está em cima da mesa...

Os dois se aproximaram da mesa, cuidando para não esbarrar na cadeira. O sr. Nazarie tateou atentamente até encontrar a caixinha de fósforos. Podia-se perceber o tremor de suas mãos ao acender um deles.

- Talvez tenhamos nos assustado sem motivo - sussurrou ele.

- Não, eu tenho certeza, tenho certeza...

O médico balbuciava frases sem sentido. Com a mão esquerda agarrara sua própria camisa na altura do coração, apertando-o; parecia petrificado num espasmo.

- Temos de sair daqui - acabou dizendo o médico, tentando se controlar. - Não posso mais ficar neste quarto...

- Falta pouco até fazer-se dia - tranquilizou-o o sr. Nazarie. - É melhor esperarmos...

Ambos se fitaram, cada um horrorizado com o pavor do outro.

- Poderíamos rezar até o sol raiar - acrescentou o sr. Nazarie.

- Eu tenho rezado sem parar - sussurrou o médico -, mas não adianta nada, ouvi todo o tempo os mesmos barulhos.

A lamparina ardia com chama baixa. O silêncio era tão completo que a respiração deles parecia um ronco doentio.

- Está ouvindo *agora?* - perguntou de repente o médico.

O sr. Nazarie olhou rapidamente em derredor. Agora não eram os mesmos sons, não vinham do seu quarto, nem do quarto ao lado. Eram passos dados do lado de fora, alguém que pisava leve e atentamente no cascalho. Aproximou-se da janela. No início, nada se via. A lamparina estava perto demais, sua luz pálida embaciava o vidro da janela.

- Apesar de tudo, é possível ouvir muito bem - sussurrou o médico, aproximando-se também ele da janela.

A visão se acostumava depressa ao escuro. De fato, alguém caminhava atentamente no meio da alameda, silencioso como um sonâmbulo.

- É Simina! - disse o sr. Nazarie, atônito. - Talvez esteja vindo nos chamar. Alguma coisa terá acontecido à doente...

A menina, porém, se distanciava na direção do centro do jardim, do grande canteiro de flores. O médico a seguiu com o olhar, emudecido.

- O que é que ela está fazendo sozinha de madrugada no jardim? - disse o sr. Nazarie, com a voz embargada. - Temo que lhe aconteça alguma coisa...

Permaneceu mais alguns instantes à janela, esforçando-se em enxergar, na escuridão, até onde Simina chegara. Em seguida, voltou-se de repente. Voltou-se e procurou as botas.

- Temos de ir ver aonde ela foi - disse ele, agitado - e descobrir o que houve.

Vestiu-se às pressas. O médico o observava aturdido, como se se esforçasse em compreender o que fazia.

- Você não vem também? - perguntou o sr. Nazarie.

O médico balançou a cabeça, assentindo. Calçou os coturnos e se vestiu com o sobretudo por cima da camisa de dormir.

– Como é que não nos viu? – admirou-se. – Estávamos à janela, com a luz acesa, e ela passou bem diante de nós...

O sr. Nazarie fechou os olhos, aterrorizado.

– Será que não percebeu? – perguntou ele, sussurrando. – Será que é sonâmbula mesmo?... Precisamos apanhá-la antes que seja tarde...

* * *

O giro metálico da chave foi o último ruído vivo que Ígor ouviu. Os passos de Christina emitiam outra espécie de som. Ecoavam até ele inteiros, sonoros – embora parecessem vir de outra dimensão, embalados por um murmúrio melódico, brotados de um delírio.

Christina caminhou até o centro do quarto, com os olhos fixos em Ígor. "Se eu pudesse fechar os olhos" – pensou Ígor. "Não feche, meu amor!" – viu-se ele de repente pensando as palavras que Christina não podia pronunciar. "Não tenha medo de mim!..."

Sentia com grande precisão os pensamentos de Christina despontando em sua mente; era capaz de distingui-los, sem dificuldade alguma, dos seus próprios pensamentos e pavores. Estava, porém, muito menos apavorado do que imaginara; a aproximação de Christina o oprimia, o ar que ele sorvia se tornava cada vez mais ebuliente, mais rarefeito; apesar disso, lograva permanecer em pé, sem que suas mãos tremessem, sem perder a consciência. Era capaz de ver todo o corpo de Christina, nenhum esgar de seu rosto de cera lhe escapava. O aroma de violeta se espalhara pelo quarto todo. O peito de Christina batia mais profundamente; também ela se emocionara aproximando-se, arrepiada pela expectativa da carne dele. "Por que não apaga a luz, querido?" – ressoou o pensamento de Christina na mente de Ígor. Mas conseguia resistir. Esperava por algo aterrador, por ver Christina apagando a lamparina com um sopro ou aproximando-se demasiado dele. Mas Christina permanecia onde estava, comovida, fitando-o nos olhos, escorregando por vezes o olhar sobre os seus braços rijos, sobre suas mãos agarradas à mesa. Ígor, realizando um esforço gigantesco, sentou-se na cadeira. "E apesar de tudo você quis pintar o meu retrato" – ouviu ele o pensamento de Christina –, "quis me pintar do seu jeito..."

Christina sorriu com embaraço e se aproximou da cama. Sentou-se com extremo cuidado, quase sem ruído. Pôs-se a tirar as luvas. Efetuava gestos longos, suaves, de uma estranha graça. O coração de Ígor parou por um instante, afogado em sangue. "Por que não me ajuda?!" – admirou-se, enrubescida, a senhorita Christina. "Que amante tímido você é, Ígor... Que desagradável assim, longe de mim... Não quer me ver nua? Nunca fiz isso para ninguém, meu amor! Mas os seus olhos me tentam, me enlouquecem, Ígor! O que eu poderia oferecer a eles senão a alvura do meu corpo? Você sabe, sabe o quanto sou bela, você sabe muito bem disso!..."

Ígor tentou fechar os olhos; as pálpebras, porém, não obedeciam, seu olhar permaneceu pregado ao corpo de Christina. A moça pôs-se a desvestir-se. Tirou com infinita elegância o chapéu e o pôs sobre a mesinha, junto às luvas de seda negra; seus gestos calmos e régios não eram capazes de ocultar, porém, um temor incompreensível. "Você jamais compreenderá o que eu fiz por você, Ígor!... Você é incapaz de compreender a minha coragem... De adivinhar que maldição me espreita... Amor com um mortal!" Deu um sorriso triste; uma melancolia exausta parecia encher seus olhos de lágrimas. Mas a presença de Ígor lhe insuflava ânimo. A proximidade do corpo masculino parecia afugentar a tristeza e o temor que nela residiam. Pôs-se de pé e desprendeu a gola de seda, revelando o pescoço de um branco cintilante, veludoso, tenro. O contorno de seu busto desvelava-se pleno e vitorioso, contrastando com o fundo pálido da parede. Eram seios de virgem, tesos e redondos, generosos e erguidos pela trança do corpete.

"Agora ela vai ficar nua" – temeu Ígor. Junto com o terror e a repulsa que o dominavam como um delírio, sentiu também a picada de uma volúpia doentia, de uma carícia envenenada que o humilhava e o enlouquecia ao mesmo tempo. O sangue começou a pulsar fervente nas orelhas, nas têmporas. O perfume de violeta o envolvia com uma força mais imprecisa e ameaçadora. Por cima da cama se insinuava um rumorejo feminino de sedas que deslizavam muito perto da pele – lançando, quente, um aroma de seios desenfreados. "*Eu sunt Luceafărul de sus...*", ouviu Ígor as palavras não pronunciadas por Christina. Sorria com a mesma melancolia de sempre... "E quero ser tua noiva!" – continuou ela. Seu rosto estava transfigurado de saudade, de aflição, de apetite pelo corpo dele. Nem mesmo os olhos eram mais os mesmos. Ardiam com outra chama; mais turvos, mais suaves, mais ardentes. "Não me deixe sozinha, meu amor" – ouviu Ígor o chamado seguinte. "Sinto frio ao me despir sozinha... Acaricie-me, estreite-me junto a você, segure-me nos seus braços, Ígor..."

Ao fitá-la, sua visão se turvou. Senhorita Christina tirava a blusa, desfazendo com vagar e timidez os laços de seda que mantinham sua cintura amarrada, quase trancada. As mãos dele começaram a tremer. "Agora ela vai se aproximar ainda mais, vai me envolver com esses braços desnudos"... Porém, das trevas da repugnância, implantava-se cada vez mais profundo o doce veneno da espera; carícias que não existiam nem em sonho...

"Não quero mais habitar no sonho" - continuava a senhorita Christina seu pensamento. "Não quero mais continuar sendo fria e imortal, Ígor, meu amor!..."

* * *

Sanda estava à espera, apoiada na janela, com a cabeça inclinada para fora, na madrugada. Logo tudo vai terminar... Tudo voltará a ser como no início. Como durante o sono. A lua agora já desaparecera no horizonte; a escuridão era completa. Ninguém a podia vislumbrar, apoiada na janela, à espera. Nenhum grito se ouvia. Até mesmo as mariposas e os mosquitos dormiam...

Alguns passos ao lado, muito próximos dela, a despertaram. Virou a cabeça, resignada. Primeiro virá ela, e em seguida todos os outros, sombra após sombra...

- O que você está fazendo aqui em plena madrugada? - perguntou dona Moscu.

Sua mãe entrara imperceptivelmente no quarto. Voltava de algum lugar, do jardim talvez, pois estava vestida com roupa de passeio, o xale amarrado em torno do pescoço.

- Estava esperando - sussurrou Sanda.

- Agora não vem mais - disse dona Moscu, apreensiva. - Pode ir se deitar...

Sanda percebeu que a mãe escondia uma bolinha viva e pretejada na mão esquerda. No passado, tal coisa costumava enervá-la e humilhá-la até sentir náuseas. Dessa vez, ela olhava admirada para aquela criaturinha que sua mãe segurava com tanto cuidado.

- Onde você a pegou? - perguntou Sanda extremamente cansada, assobiando as palavras.

- No ninho - sussurrou dona Moscu. - Ainda nem pode voar...

- ... Tão frágil assim?! - emocionou-se inesperadamente Sanda.

Levou as mãos às têmporas. Invadiram-na de repente todas as dores, todos os sustos esquecidos e o delírio misturado com a náusea da primeira noite... Um arrepio a sacudiu. A janela bem aberta deixara todo o frio da madrugada entrar no quarto.

- Vá dormir! - disse-lhe a voz metálica de dona Moscu. - Não vá se resfriar!

Em frêmitos, Sanda aproximou-se da cama. Sentia uma terrível dor de cabeça, suas têmporas pegavam fogo.

- Mas não feche a janela - sussurrou para dona Moscu. - Talvez ela ainda venha...

* * *

O sr. Nazarie e o médico estacaram, admirados, no meio da alameda. Simina estava bastante próxima deles, de costas, observando com grande atenção algo invisível entre as árvores.

- Como é que ela ainda está aqui? - sussurrou o médico. - Tantos minutos se passaram desde então...

Simina fitava hirta a escuridão diante de si, sem se virar, sem ouvir. Como se os tivesse esperado sair do casarão para poderem vê-la e acompanharem o que fazia.

- Ela não está nos percebendo - sussurrou o sr. Nazarie, perplexo. - Talvez nem saiba onde se encontra...

Naquele momento, concentrada, Simina pôs-se a caminhar por entre as acácias, sem seguir determinada trilha, sem temer os galhos mortos que dificultavam o caminho.

- Que não nos percamos - murmurou o médico.

O sr. Nazarie não respondeu. Começava a despertar, zonzo e doente, de um terror que durara demais. Tinha a impressão de se lançar numa perseguição inútil, de que logo cairia numa armadilha, de um momento para o outro, escorregaria e cairia num buraco escuro cheio de folhagem úmida.

- Não a vejo mais - sussurrou de novo o médico, detendo-se entre as árvores.

"Como é que ela não ouve o estalo dos galhos, os nossos passos?" - perguntava-se o médico.

- Lá está ela - respondeu o sr. Nazarie com voz seca.

Sua mão apontava para ela, um vulto branco, distante, junto a um arbusto. Dali provavelmente começava uma nova alameda, pois o céu era mais nítido, a sombra das árvores era mais arredondada, de contornos mais claros.

O médico deu alguns passos, com cuidado para não se machucar com os ramos mais baixos, que pendiam desfolhados, oprimidos por um peso invisível. Olhou assustado para o vulto indicado pelo sr. Nazarie.

- Tenho uma visão muito boa - sussurrou ele baixinho. - *Aquela ali* não é a senhorita Simina...

O sr. Nazarie percebeu no mesmo instante que o vulto ao lado do arbusto inclinava-se lentamente, atordoado, enquanto seus braços, erguidos, chamavam alguém ao longe, invisível. O vulto, de fato, respirava, mas não era uma criatura viva. Parecia-se com suas alucinações de outrora, tão aéreo era ele, tão bizarro em seus gestos de trapo.

- Volte aqui - ouviu ele a voz seca do médico.

Naquele momento, passou diante deles Simina, que os fitou assustada. O sr. Nazarie adivinhou pelos seus olhos espantados e pelos seus lábios cerrados que Simina agora tentava reparar o erro de tê-los trazido até ali. Provavelmente não esperava encontrar *alguém* na valeta da outra alameda. Retornara agora, perplexa, tentando atraí-los para o lado contrário do jardim. Passou diante deles e em seguida, pensativa e a passos velozes, caminhou na direção do portão setentrional. O médico quis segui-la. O sr. Nazarie segurou-lhe o braço com força.

- Vamos ver primeiro o que tem *ali* - disse ele, decidido.

Caminhando devagar, um ao lado do outro, eles se aproximaram da alameda. O vulto desapareceu por alguns instantes. Parecia ter-se dirigido também para o outro lado, junto com Simina, ou talvez alguma árvore o ocultasse. Quanto mais avançavam, mais o sr. Nazarie tinha a nítida impressão de já ter vivenciado a mesma coisa, que já perseguira, uma vez, fazia muito tempo, um vulto com gestos suaves de trapo, em meio a árvores empedernidas.

- Não se vê mais nada - sussurrou o médico. - Não vejo mais nada...

O sr. Nazarie, porém, começava a ver. A poucos passos dele, surgiu de novo Simina. Encostada numa árvore, grudada ao tronco, via horrorizada como os dois se aproximavam. A menina encarou o sr. Nazarie, na tentativa de dominá-lo de novo, de transmitir-lhe ordens a fim de esmigalhar sua vontade. Mas o sr. Nazarie avançava decidido, passando ao lado dela até chegar à valeta da alameda.

- Espere aí, não se mexa! - sussurrou ele para o médico.

Diante deles, na alameda, aguardava uma carruagem há muito tempo fora de circulação, uma caleche antiga de boiardo, opaca, atrelada a dois cavalos sonolentos. O cocheiro dormia na boleia; só se via seu paletó branco, carcomido pela chuva, e o boné de couro puído. Parecia dormir ali fazia tempo, na boleia - dormia sem pressa, sem trepidações. Os cavalos também pareciam mergulhados no mesmo sono de morte, visto que não se moviam, não bafejavam, estátuas escurecidas, mantinham-se à espera na parte dianteira da velha carruagem, inconscientes.

O médico esbugalhou os olhos, enlouquecido, e pôs-se a tremer todo. Segurou o braço do sr. Nazarie com as duas mãos.

– Está vendo o que eu estou vendo? – perguntou ele, assobiando as palavras.

O sr. Nazarie balançou a cabeça positivamente.

– Estão vivos?! – perguntou de novo o médico. – Ou talvez seja impressão nossa?

Naquele instante, o vulto que desaparecera da margem da alameda ressurgiu. Era um velho fatigado, com o rosto chupado. Estava vestido como um criado de outrora, de fazenda de boiardo. Passou diante deles como se não os tivesse visto. Caminhava cabisbaixo. Mas o sr. Nazarie sentiu que o velho *sabia* de sua presença ali, tão perto dele. Seus olhares se cruzaram uma só vez; os olhos dele eram vítreos, exaustos, doentios. O médico cobriu o rosto com as mãos. Pensou em fugir, mas a mãozinha gelada de Simina agarrou-lhe o braço, emudecendo-o.

XVI

Senhorita Christina estava bem perto dele, com os seios desnudos, os cabelos soltos, à sua espera. "Ígor, você está me humilhando!" - ouviu ele os pensamentos em sua cabeça. "Apague a luz, aproxime-se!" Ígor em vão tentava opor-se. Sentia em sua mente a ordem da senhorita Christina, sentia no sangue os seus chamados envenenados. "Se me beijar, estou perdido" - pensou ele. Mas sentia ao mesmo tempo como era invadido por um estado delirante, como desejava aquela carne de traços tão vivos e selvagens. O corpo da senhorita Christina o aguardava com tanta fome que Ígor balançava zonzo, dirigindo-se para a cama. Sentia com lucidez diabólica como perdia as rédeas, como se deixava afogar em náusea e volúpia. Mais um passo, mais um passo...

Diante dele, diante de seus lábios abriu-se a boca de Christina. Quando teria se aproximado tanto? Estendeu os braços e cingiu os ombros alvos da moça. Sua carne era tão gelada e ao mesmo tempo tão ardente que Ígor desabou na cama; era impossível suportar aquele fogo que não se comparava a chama alguma, aquela sensação de agarrar com as mãos algo impossível de agarrar. Logo sentiu a boca de Christina procurando-lhe os lábios. Sua boca era tão ardente que Ígor sentiu, num primeiro momento, apenas uma dor esmagadora em todo o corpo. Em seguida, a doçura envenenada esparramou-se pelo sangue. Não era mais capaz de se opor. Sua respiração passou para a respiração de Christina e os lábios dele deixaram-se sugar, incendiados por sua boca, doce como uma peste inimaginável. As carícias eram tão selvagens que Ígor lacrimejava, sentindo como se separavam os ossos do crânio, como todos os seus ossos amoleciam e como sua carne se arrepiava num espasmo supremo.

Christina ergueu a cabeça e lançou-lhe um olhar por entre os cílios. "Como você é bonito, Ígor!..." Acariciava-o, aproximava devagar o rosto dele de seus seios pequenos e trêmulos. Ígor teve a impressão de ouvir uma voz surda vinda de algum lugar, melodiosa, recitando ao pé do ouvido:

Arald, nu vrei pe sânu-mi tu fruntea ta s-o culci?
Tu zeu cu ochii negri... O! Ce frumoși ochi ai...
Las' să-ți înlănțui gâtul cu părul meu bălai...
Viața, tinerețea mi-ai prefăcut-o în rai –
Las' să mă uit în ochii-ți ucizător de dulci!*

Não parecia ser a voz dela em sonho; nem a sua voz inaudível, transmitida pelo pensamento. Alguém pronunciara ao seu lado aquele fragmento poético. Os versos pareciam-lhe conhecidos, pareciam ter sido lidos muito tempo atrás, num outono da época de liceu, numa noite de grande solidão... "Ígor, que olhos você tem?" – perguntou Christina. Ela virou a cabeça dele com suas mãozinhas e o fitou no fundo dos olhos, emocionada. "Tu, deus de olhos negros!... Você tem olhos cor de violeta, destemidos... Quantas mulheres já se refletiram neles, Ígor?!... Quero derreter o gelo dos seus olhos com a minha boca, querido! Por que você não esperou por mim, por que você não quis amar só a mim?!..."

Ígor estremecia, não se tratava mais de um espasmo de terror, mas da impaciência de todo o seu corpo, consumindo-se delirante no aguardo da carícia maior. Sua carne se esparramava enlouquecida, a volúpia o sufocava, o humilhava. A boca de Christina tinha o gosto de frutas oníricas, o gosto de todas as exaltações proibidas, amaldiçoadas. Nem as mais demoníacas fantasias de amor destilavam tanto veneno, tanto orvalho. Nos braços de Christina, Ígor gozava das mais infa-

---

* Fragmento do poema "Strigoii" [Os vampiros], do poeta nacional romeno Mihai Eminescu, publicado em 1884: "Arauto, não queres deitar tua cabeça no meu seio?/ Tu, deus de olhos negros... Oh! Que belos olhos tens.../ Deixa-me teu pescoço com meu cabelo loiro envolver.../ Transformaste minha vida e juventude em paraíso –/ Deixa-me fitar teus olhos aniquiladoramente doces!". (N. T.)

mes alegrias, junto com uma dispersão celestial, uma comunhão total. Incesto, crime, desvario – amante, irmã, anjo... Tudo se misturava e se consumia em meio àquela carne em pleno incêndio, embora sem vida...

– Christina, estarei sonhando? – sussurrou ele, pálido, as pupilas turvas.

A moça lançou-lhe um sorriso. Com os lábios cobertos de orvalho, sua boca permanecera comovida com o mesmo sorriso. Apesar disso, Ígor foi capaz de ouvir claramente a resposta:

"... E assim como vejo com um olho só minha mão menor do que com ambos os olhos... Na verdade, o mundo é um sonho que nossa alma tem..."

"Sim, sim" – os pensamentos atravessavam a mente de Ígor –, "ela tem razão. *Agora estou sonhando*. E ninguém me obriga a despertar."

"Fale comigo, Ígor!" – ouviu o chamado dentro de sua cabeça. "Sua voz me fere, me mata... Mas não posso mais sem a sua voz!..."

– O que você quer que eu diga, Christina? – perguntou Ígor, exausto.

Por que ela o mantinha junto ao seio e o obrigava a falar, obrigando-o ao mesmo tempo que esperasse, que adiasse o abraço derradeiro? Por que o chamara com tanta impaciência, despira-se diante dele e agora, seminua, esquecera-se da luz que no início a perturbara, da timidez dele, das tentações dela?

– O que você quer que eu diga? – repetiu, fitando-a nos olhos. – Você está morta ou existe apenas em sonho?

A expressão de Christina entristeceu até se obscurecer pela desesperança. Não lacrimejava, porém seus olhos perderam na hora o brilho, turvando-se. O sorriso emergia com dificuldade e os lábios não portavam mais aquele perfume envenenado que desnorteara a carne do homem em seus braços.

"Por que você sempre pergunta, Ígor, meu amor?" – ouviu ele em pensamento. "Por que você quer saber se eu estou realmente morta e se você é um mortal?... Se pudesse ficar comigo, se pudesse ser só meu, que milagre sem precedentes se realizaria!..."

– Mas agora eu a amo – gemeu Ígor. – Não quis amá-la no início, tive medo de você! Mas agora eu a amo! O que você me fez sorver, Christina? Que mandrágora brota dos seus lábios?!...

O delírio o envolveu subitamente, como se o sangue, a mente e as palavras houvessem de repente se intoxicado. Pôs-se a falar com espírito ausente, aproximando cada vez mais o rosto dos seios de Christina, sussurrando e beijando, buscando eriçado a carne alva em que desejava consumir-se.

Christina sorria. "Isso, meu querido, fale-me de paixão, diga-me sem parar como você gosta do meu corpo, fite os meus olhos longamente, perca-se!..."

- Quero beijá-la! - sussurrou Ígor, desvairado.

Sentiu então de novo a brasa dos lábios dela, aquela felicidade empedernida. Teve a impressão de se perder, de desmaiar, e cerrou os olhos. Ouviu novamente o pensamento de Christina. "Tire minha roupa, Ígor! Tire você minha roupa!..." Ele pôs-se a mergulhar com as mãos nas sedas envenenadas. Seus dedos ardiam como se estivessem sendo esmagados por geleiras. Todo o seu sangue pulsava para o coração. O apetite que ora Ígor sentia o arremessava cega e enlouquecidamente, num misto de volúpia e repulsa. Um impulso diabólico de se perder, de se dispersar num único espasmo. Sob seus dedos pálidos, o corpo de Christina começou a tremer. Não se ouvia, contudo, nenhum suspiro, nenhum bafejo dentre os seus lábios úmidos e abertos. A carne de Christina vivia perfeitamente de outra maneira; cerrada em si mesma, sem emanações, sem murmúrios.

"Quem o ensinou a acariciar desse jeito, seu íncubo?!" - perguntava-lhe o pensamento de Christina. "Por que suas mãos me queimam, por que seus beijos me matam?!" Ígor abriu-lhe o corpete e deslizou os dedos ao longo do dorso silencioso. De repente, ele se crispou e começou a tremer. Pareceu-lhe despertar às margens de um charco pestilento, quase caindo nele. Christina lançou-lhe um longo olhar interrogativo, mas Ígor não ousou erguer os olhos. Seus dedos encontraram uma ferida quente e úmida; *o único lugar quente* do corpo sobrenatural de Christina. Sua mão escorregou zonza pela pele de oceano ignoto - e petrificou-se numa contração, envolta em sangue. A ferida era tão fresca e viva que Ígor teve a impressão de que acabara de se abrir. O sangue borbotava. Mas como é que não escorria pelo corpete, não manchava o vestido?!...

Pôs-se de pé num instante, confuso, com as mãos nas têmporas. Um terror nauseabundo o percorreu de novo. "Que bom que tudo ocorreu só em sonho" - dizia ele consigo - "e consegui despertar *antes*..." Mas, naquele momento, vislumbrou o corpo seminu da senhorita Christina atirado na cama, humilhado - e ouviu seu pensamento: "É a minha ferida, Ígor! Foi por ali que passou a bala, foi ali que o brutamontes me alvejou!...". Seus olhos voltaram a ficar vítreos. Seu corpo parecia mais branco, mais distante - o feitiço se extinguira. Ígor olhou para a mão, aturdido. Leves manchas de sangue persistiam nos dedos. Soltou um gemido de terror e se precipitou para o outro canto do quarto, atrás da mesa. "Você também é como os outros, Ígor, meu amor! Tem medo de sangue!... Você tem medo da própria vida, do seu destino de mortal!... Por um instante de amor, não hesitei diante da mais penosa maldição. E você hesita diante de uma gota de sangue, Ígor, mortal..."

Christina ergueu-se da cama, orgulhosa, triste, inconsolável. Ígor viu horrorizado como ela se aproximava dele.

- Você está morta! Morta! – berrou ele, começando a delirar.

Christina deu alguns passos, tranquila, com o sorriso de sempre. "Você vai me procurar a vida toda, Ígor, sem me encontrar! Você vai morrer de saudades minhas... Vai morrer jovem, levando para o túmulo este chumaço de cabelo!... Pegue, fique com ele!" Aproximou-se ainda mais. Ígor sentiu de novo nas narinas o estranho aroma daquele corpo. Mas era incapaz de estender a mão. Não podia suportar mais uma vez o toque daquela carne emudecida. Quando Christina ergueu o braço, estendendo-lhe o chumaço de cabelo, Ígor chacoalhou a mesa num gesto enlouquecido. A lamparina caiu no chão, o vidro se quebrou com um ruído surdo, baqueando numa labareda amarela. Um cheiro forte de querosene se espalhou pelo quarto. O corpo seminu de Christina era ainda mais assustador à luz das chamas que brotavam do tapete, do assoalho. Sua cabeça estava quase toda na sombra. "Começo a despertar!" – disse a si mesmo Ígor, com alegria. "É agora que devo despertar." Não compreendia, porém, por que estava de pé, crispado, com as mãos fixas na mesa, não compreendia sobretudo as chamas que se propagavam pelas vigas, rodeando a cama, consumindo os lençóis. "Senhorita Christina esteve aqui, em sonho" – repetia ele, esforçando-se por apreender tantos acontecimentos sobrenaturais. Naquele momento, pareceu-lhe que a senhorita Christina se distanciava dele, fitando-o com desprezo, uma mão sobre os cabelos que lhe cobriam os ombros, a outra cobrindo o peito com suas sedas. A imagem durou um só instante. Em seguida, enigmaticamente, ela desapareceu.

Sentiu-se sozinho entre as chamas.

XVII

O sr. Nazarie, o médico e Simina permaneceram bastante tempo juntos, olhando para a carruagem atrelada aos cavalos adormecidos. O tempo congelara. Nem as folhas das árvores se moviam nos galhos, nenhum pássaro voava na noite. As próprias mentes emudeceram. O sr. Nazarie olhava sem pensar, sem vontade. Desde que Simina se aproximara, ele era incapaz de dar um passo sequer. Permanecera ao lado do médico, esvaziado de pensamentos. Só Simina arfava, inquieta, à espera.

- Vocês têm de ir embora - disse ela. - Ela vai voltar em breve... Vai ficar brava comigo se os vir aqui...

O sussurro de Simina parecia vir de longe. Mal podiam ouvi-la.

- Vai ficar brava - repetiu Simina.

O sr. Nazarie pôs-se a esfregar os olhos. Olhou pensativo para o seu companheiro, olhou de novo para a carruagem. Os cavalos aguardavam, cabisbaixos, desesperançosos.

- ... Que sono comprido tivemos - disse a si mesmo.

Simina sorriu e segurou seu braço.

- ... Nós não dormimos - sussurrou ela -, estivemos aqui e a esperamos...

- Sim, assim foi - concordou o médico.

Via-se bem que não sabia o que falava. Pronunciou as palavras quase sem ouvi-las. Estava hirto e nenhuma sensação mais chegava até ele a partir das extremidades do próprio corpo.

– ... Ela há de chamá-los também – disse Simina –, mas noutra ocasião. Agora ela está com Ígor, no quarto dele...

O sr. Nazarie estremeceu. Não tinha mais forças, porém, nem para pensar. O feitiço de Simina era hipnótico; não conseguia se agitar, nem se assustar.

– ... Aquele ali é um velho criado nosso, o cocheiro de Christina – sussurrou Simina, apontando para o meio da alameda. – Não precisa ter medo dele... É boa criatura...

– Não estou com medo – disse o sr. Nazarie, bem-comportado.

Naquele mesmo instante, sentiu uma pontada gelada atravessando-o por trás, até o coração. Parecia despertar em meio a dores e sustos. Sentiu um frio repentino, começou a tremer. Do fim da alameda, avançava a passos apressados a senhorita Christina. Passou ao lado deles fitando-os ameaçadora nos olhos, como se os quisesse transformar em pedra, tão vítreo era seu olhar. O sr. Nazarie balançava, trespassado. Agora não se tratava mais de uma alucinação vaporosa e assustadora, nem da presença opressora de um fantasma invisível. Christina o fitava ríspida, bem na sua frente – não em sonho. Ele a via com uma precisão delirante, muitíssimo perto dele. Impressionava-o sobretudo seu passo feminino, precipitado e furioso. Senhorita Christina subiu na carruagem, apertando com as mãos as sedas em torno do pescoço. Seu vestido estava devastado; a blusa, desabotoada. Uma luva negra de seda, fina e comprida, resvalou nos degraus da carruagem e depois caiu despercebida no meio da alameda.

Simina foi a primeira a se precipitar na direção da carruagem à aproximação da senhorita Christina. Assustada, tinha um olhar turvo e vítreo. Seu rosto pálido parecia-se com a face nacarada de Christina. Suas mãos se esticaram na direção dela, geladas. Não pronunciou uma só palavra. Talvez esperasse um sinal, um incentivo. Senhorita Christina, cansadíssima, lançou-lhe um sorriso muito triste fitando-a direto nos olhos, como se lhe relatasse só pelo olhar todo o acontecido – e em seguida a carruagem partiu, silenciosa, balouçante, como uma neblina espessa sobre a alameda. Poucos instantes depois, já não se podia mais vê-la.

Simina baixou o olhar, abatida, pensativa. O sr. Nazarie respirava com dificuldade. O médico permanecia hirto. Olhava atento, quase fascinado, para um ponto negro a alguns metros diante de si, na alameda.

– Esqueceu a luva! – exclamou ele, sufocado.

Simina estremeceu, preocupada. Virou a cabeça, como se quisesse ela correr primeiro até aquela mancha negra no meio do caminho. Mas o médico se adiantara.

Inclinou-se trêmulo e pegou uma luva de verdade, negra, de seda, exalando um vago odor de violeta. Segurou-a com rigidez na palma da mão, sem compreender o arrepio gelado e abrasante que o invadia.

– Por que você pegou nela? – perguntou Simina, aproximando-se.

O sr. Nazarie também observava tudo aquilo, com um olhar desprovido de inteligência, aturdido, crispado de assombro e pavor. Tentou também ele tocar naquela seda remanescente do sonho. A luva, porém, se desfez imperceptivelmente na palma da mão do médico, consumida por uma brasa invisível. Transformou-se numa cinza fina, apodrecida, que se dispersou triste no meio da alameda, exatamente ali onde escorregara da carruagem. O médico, sonolento, deixou que se dissipasse com um gesto da mão.

**

O fogo se propagava rapidamente pelo quarto. O armário de roupas, a cama e as cortinas estavam em chamas. Ígor permaneceu durante muito tempo indeciso, com as mãos apoiadas na mesa, sufocado pela fumaça. "Tenho de fazer algo" – pensava ele, como se sonhasse. Avistou, num canto, uma caneca d'água; saltou sobre o tapete queimado, pegou-a e começou a respingar ao acaso. Sentia-se completamente desprovido de vigor. A água que encontrou no quarto não fora suficiente nem para apagar as chamas do assoalho junto à porta, onde ele se encontrava. Tentou abrir a porta e gritar por socorro. A porta estava trancada. *"Não a tranquei eu"* – lembrou-se ele, estremecendo. O terror que o envolveu de novo aumentou suas forças. Tateante, procurou a chave na fechadura. O ferro estava pelando, fumegado; a chave girava com dificuldade, algumas línguas de fogo atingiram a madeira da porta ao acaso, manchando de fuligem o verniz espesso, amarelo, envelhecido.

Ígor pôs-se a correr pelo corredor. Aos berros. A escuridão ainda era plena. Pela porta aberta, passavam apenas nuvens delgadas de fumaça, avermelhadas pelas labaredas do lado de dentro. Ígor gritava sobretudo pelo sr. Nazarie. Não compreendia a solidão e o silêncio que imperavam até o fundo do corredor. Se reconhecesse a porta do professor, teria dado um pontapé nela para acordá-lo. Mas, naquele escuro, não lograva distingui-la. Desceu até o quintal, sem encontrar ninguém. Ficou algum tempo diante da casa, aturdido, esforçando-se por entender o que acontecia com ele, com a esperança de ainda despertar subitamente, com a esperança de estar sonhando. Fitava suas mãos na escuridão. Não conseguia ver nada. Até ele chegava um vago cheiro de flores mortas, de lençóis velhos. Ao levantar o olhar, viu uma grande labareda irrompendo pela janela do seu quarto. O fogo se espalhava rapidamente para o sótão. "Vão morrer queimados vivos!" - assustou-se Ígor. Pôs-se a gritar de novo. Mas teve a impressão de ouvir passos na alameda, atrás de si, e, sem se voltar, apavorado, pôs-se a correr na direção dos aposentos dos proprietários, onde dormia a família Moscu. Só então se lembrou do perigo em que Sanda se encontrava.

"Que não seja tarde demais!" - dizia a si mesmo. "Se eu puder chegar até o quarto dela sem que ninguém perceba minha presença..."

Gritou diversas vezes mas ninguém acordava; nem mesmo um cachorro latia. O mesmo pátio deserto, com a sombra do jardim assolando-o por todos os lados. Os empregados haviam ido para o vinhedo, segundo Simina. Mas como era possível que nem Simina, nem a babá, nem dona Moscu o ouvissem? Olhou para trás; o firmamento começava a avermelhar. Os arbustos de lilás e as acácias perto dali emitiam sombras trêmulas, mergulhadas numa luz fraca, ensanguentada. "Toda a casa vai pegar fogo" - pensou ele, indiferente. "Nazarie terá fugido, claro, junto com o médico, para deixá-lo sozinho, deixá-lo morrer sozinho. Ficaram com medo..."

Caminhava devagar, com um cuidado inútil, em torno dos aposentos dos proprietários. "Logo todos despertarão, vão-se aglomerar os empregados de volta do vinhedo, os habitantes do vilarejo." O fogo ardia ao longe, silencioso. "Ainda há tempo, ainda há tempo para salvá-la, pegá-la nos braços e sair correndo com ela..."

Só então ele percebeu que Sanda o olhava de muito perto, encostada na janela, esperando-o há muito tempo. Estava de camisola, extremamente pálida, a face apoiada numa das mãos, como se, cansada de tanto esperar, já estivesse com sono. Ígor estremeceu ao dar com o seu rosto pálido e ausente. "Ela *sabe* o que aconteceu"... Deu alguns passos na direção da janela.

– Você veio?! – perguntou Sanda, com uma voz quase inaudível. – Mamãe me disse que você não viria mais esta noite... É tão tarde!...

Fitou-o diretamente nos olhos, mas sem qualquer emoção. Nem mesmo se surpreendera por ele surgir de repente diante dela, no meio da madrugada.

– Ponha um casaco e desça, rápido! – disse-lhe Ígor.

Sanda continuava olhando para ele. Começou a tremer. Só agora parecia sentir a friagem da noite, os vapores gelados que lhe enrijeciam os ombros, os braços, o pescoço.

- ... Mas eu não posso - sussurrou Sanda, sacudindo-se. - A mim vocês não vão obrigar. Não posso!... Tenho pena...

Ígor a fitava, transtornado. Compreendeu que Sanda não falava com ele, mas com uma criatura invisível, atrás dele talvez, pela qual Sanda esperava na janela e da qual tinha medo. Aproximou-se mais da parede. Pena que não podia subir e entrar no quarto dela, obrigá-la a se vestir, tomá-la nos braços e fazê-la descer à força...

- ... Acabei de ver um - acrescentou Sanda, com a mesma voz débil -, mamãe apanhou-o no ninho... Eu não posso, fico com pena. Não gosto... Nem uma gota de sangue...

- Com quem você está falando, Sanda? - perguntou-lhe Ígor. - Quem é que você está esperando aqui, no meio da madrugada?...

A moça emudeceu, fitando-o profundamente nos olhos, sem compreender.

- Vim salvar você! - exclamou Ígor, com as mãos para cima, agarradas à parede.

- Foi o que mamãe me disse - sussurrou Sanda, trêmula. - Mas estou com medo... Devo ir agora?! Devo pular?!...

Ígor se estupeficou. Teve a impressão de ver Sanda pôr-se na ponta dos pés e tentar subir na janela. Talvez estivesse fraca demais, pois fazia bastante esforço a fim de levantar todo o corpo até o parapeito alto, de madeira. O gesto se repetia, sem nervosismo, mas com obstinação; como se respondesse a uma ordem irresistível.

- O que você quer fazer?! - berrou ele, horrorizado. - Fique aí! Não se mexa!...

Sanda parecia não ouvir suas palavras, ou as ouvia sem absorvê-las. Lograra agora pôr os pés no parapeito da janela. Aguardava um sinal ou talvez apenas a coragem necessária para se arremessar. Eram apenas uns quatro metros até o chão. Mas, da maneira como Sanda balançava o corpo, com a cabeça para a frente, a queda poderia ser fatal. Ígor gritava, aterrorizado. Estendia os braços na sua direção, para que ela o visse, o reconhecesse.

- Não tenha medo - ouviu ele de repente uma voz seca, muito próxima. - Cairá nos nossos braços... A altura não é grande demais!...

Virou a cabeça devagar. Ao seu lado, com uma expressão devastada, todo transpirado, estava o sr. Nazarie. Não o fitava. Acompanhava com o olhar os gestos sonolentos de Sanda. Parecia ter medo de que ela escapasse do seu olhar, de que caísse sem que eles vissem.

- Se quiser, vá pegá-la no quarto dela - acrescentou o sr. Nazarie, sussurrando. - Eu fico aqui. Com o médico...

De fato, poucos passos atrás, entre as roseiras, encontrava-se o médico. Apoiado na espingarda. Parecia acostumado a tudo o que se desenrolava ao seu redor. Denotava uma segurança incomum em sua atenção sóbria e marmórea.

– Quem ateou fogo? – perguntou o sr. Nazarie, aproximando-se da parede.

– Fui eu. Derrubei a lamparina a querosene – sussurrou Ígor. – Derrubei-a enquanto dormia, sem me dar conta... Tive a impressão de que Christina chegara...

O sr. Nazarie veio mais perto de Ígor e segurou-lhe o braço.

– Eu também a vi – disse ele, calmo. – No meio do jardim...

Naquele instante, os braços de Sanda alçaram-se moles ao céu, como duas asas quebradas. A moça tombou ofegante, sem gritar. Caiu sobre o peito de Ígor, esmagando-o contra o chão. Na queda, a camisola revelou-lhe o corpo, de maneira que Ígor percebeu, em meio à tontura do golpe, que segurava nos braços, por cima de si, uma mulher nua, adormecida e gelada. Os braços de Sanda pendiam moles. Seu corpo, assustado com o tombo, não se debatia.

– Espero que você não tenha se machucado demais – disse o sr. Nazarie, ajudando Ígor a se levantar.

Inclinou em seguida o ouvido sobre o peito da moça.

– Não tenha receio – acrescentou ele –, seu coração ainda está batendo...

XVIII

Chamas altas devoravam o casarão. O jardim estava iluminado acima da crista das acácias. Alguns corvos arrancados do sono saíram voando por cima do estábulo. Os cachorros também despertaram, ouviam-se latidos surdos, distantes.

– Vamos levá-la para dentro de casa – disse Ígor, cobrindo com seu casaco os ombros quase desnudos de Sanda. – Vai demorar até que ela volte a si...

A dor que sentira se machucando, atingido pela queda de Sanda, fizera-lhe bem, parecia tê-lo despertado para a vida quotidiana.

– Todas as nossas coisas se queimaram – sussurrou o médico, sem tirar os olhos do incêndio.

Esforçava-se por lembrar, naquele instante, o que fizera com os mil lei que lhe dera dona Moscu. Estaria o dinheiro no bolso do sobretudo ou ele o teria deixado em cima da mesinha, junto com o relógio e o estojo de cartuchos?

– Vai queimar tudo até não sobrar pedra sobre pedra – disse o sr. Nazarie, sombrio. – Mas talvez seja melhor assim... Talvez assim a maldição termine...

Ouviram-se então as primeiras vozes humanas, vindas do outro lado do quintal.

– Estão vindo do vinhedo e do vilarejo – logo disse Ígor. – Vamos levar Sanda primeiro...

Tomou-a nos braços e pôs-se a carregá-la até a entrada dos fundos do casarão. A moça dormitava. Seu rosto estava um pouco sujo; talvez fosse fuligem, ou o barro que cobria Ígor. Que milagre não ter quebrado uma perna ou torcido a mão. Se houvesse acontecido algo grave, ela sem dúvida teria acordado completamente, ou talvez o susto a tivesse mergulhado de novo naquele desmaio...

- Quem vem lá? - perguntou o sr. Nazarie.

Umas sombras se moviam junto aos quartos dos criados. Havia um movimento de gente apressada, quase correndo.

- Somos nós, boiardo - disse um deles no meio da escuridão -, do seu Marin, do vinhedo...

- Que desastre - disse outro, aproximando-se. - Até os outros chegarem do vilarejo, tudo já vai estar queimado...

- Deixe queimar - respondeu o sr. Nazarie com rispidez. - Que morra o vampiro!...

As pessoas se petrificaram. Olhavam-se entre si, embaraçadas, sonolentas.

- O senhor também viu? - perguntou o primeiro. - Foi ela mesmo, a boiarda?!...

- Senhorita Christina - disse Ígor, calmo -, foi ela!... Ela derrubou a lamparina...

Dirigiu-se em seguida, com Sanda nos braços, para a porta; temia por aquele corpo amortecido que carregava, pelo coração jovem cujas batidas não podia mais escutar.

O sr. Nazarie ficou para trás, contando às pessoas o acontecido.

- ... É melhor assim - sussurrava ele. - Agora será também o fim de Christina...

O agrupamento não parava de aumentar, com gente que pulava a cerca no fundo do quintal ou que atravessava direto o jardim. Vinham pessoas também do outro lado, na direção do vilarejo, e se aglomeravam diante do fogo, perplexas, olhando de longe, sem fazer nada além do sinal da cruz. Os que viram Ígor correram até o incêndio e espalharam a notícia.

- Todas as nossas vacas também morreram - ouvia o sr. Nazarie. - Todos os animais morreram este outono...

- ... E as crianças que morrem se transformam em vampiros!

Todos falavam com ele. Não se atreviam a se aproximar demais do casarão, a entrar, a perguntar. Não se atreviam nem mesmo a ajudar para extinguir o fogo. Ouvia-se como estalavam as vigas de cima, e como vez ou outra despencavam, levantando muita fumaça, partes inteiras de teto.

O sr. Nazarie viu-se de repente sozinho diante de toda aquela multidão desconhecida, camponeses arrancados ao sono, ofegantes ainda da corrida que haviam feito até o quintal. Não sabia como lhes falar. Não sabia o que lhes pedir, e começou a sentir medo diante daquele número de pessoas, de sua presença cada vez mais solene e mesmo ameaçadora. As labaredas erguiam-se tão alto, as sombras das pessoas eram tão vastas e trêmulas que o sr. Nazarie lembrou-se na hora das revoltas. Só que a gente de agora esperava calada, rude, pensativa – e nada exigia, não exigia a vida de ninguém. Ou talvez exigisse a verdadeira morte da senhorita Christina, que o capataz não matara naquele momento senão pela metade, muito tempo atrás, na grande catástrofe de 1907...

O sr. Nazarie entrou rapidamente na casa, atrás de Ígor. Nas janelas refletia-se luz suficiente para que ele pudesse passar incólume pelo corredor. Encontrou Ígor na soleira da porta do quarto de Sanda.

– Não sei se fiz bem em trazê-la de volta para cá – disse ele. – Acho que está dormindo... Mas pode despertar de um momento para o outro e pode tentar de novo...

– Vamos ter de vigiá-la – disse o sr. Nazarie. – O médico também virá... Vamos chamá-lo...

– Só que antes tenho algo a fazer junto com essa gente... – disse Ígor, pensativo. – E vou precisar ao mesmo tempo do senhor...

Não sabia que decisão tomar. Voltou a entrar no quarto. Sanda parecia desmaiada.

– Por que o médico também não veio? – perguntou Ígor, um pouco enervado. – Nem consigo entender o que ela tem, por que dorme tão profundamente...

– O médico parece dominar o ofício... – sussurrou o sr. Nazarie, meditativo.

* * *

Assim que as paredes começaram a desmoronar, os camponeses deram alguns passos para trás, sem tirar os olhos do incêndio. Parecia pegar fogo uma casa abandonada, de tão indiferentes e empedernidos que estavam. Pisavam nos canteiros de flores, esmagavam indolentes as roseiras. Quase ninguém falava. Olhavam como se esperassem o cumprimento de uma velha promessa, demasiado desejada e adiada para que ainda pudessem gozar dela.

– Ei, abram caminho – ouviu-se de repente a voz de Ígor.

Parecia agora mais alto, mais magro. A dança das chamas aprofundava ainda mais os seus olhos nas órbitas. Abria caminho com os cotovelos por entre a gente calada.

– Alguém sabe reverter feitiços, esconjurar vampiros? – perguntou ele, lançando para todos os lados um olhar insistente e duro.

As pessoas vacilaram, evitando o seu olhar.

- Ué, só as velhas... - disse alguém, de pálpebras trêmulas.

Ígor não entendeu se aquele homem sorria ou se apertava astuto os olhos. Ele era o mais esperto de todos, o mais atrevido.

- Mas qual de vocês tem um machadinho ou uma faca? - perguntou Ígor. - Temos algo a concluir juntos...

Suas palavras calaram fundo. Toda a gente estremeceu, entusiasmada, agitada. Sem ferro, sem golpes, eles não sentiam emoção alguma diante de uma casa consumida pelo fogo.

- Venham comigo - disse Ígor aos primeiros que se deslocaram do grupo.

O sr. Nazarie surgiu ao seu lado, pálido, segurando-lhe o braço.

- O que pretende fazer?! - perguntou, batendo os dentes.

Ao ver Ígor deixando circunspecto o quarto de Sanda, como se furioso diante do seu incompreensível estado de desmaio, perguntando nervoso pelos aposentos de dona Moscu, certo temor envolveu o sr. Nazarie. "E se ele tiver enlouquecido?" - pensou, horrorizado. Os olhos de Ígor cintilavam como uma flama tão atormentada que o professor nem se atrevia a olhá-lo.

- O que você vai fazer com o machado?! - perguntou ele, sacudindo o braço de Ígor.

- Preciso de ferro - disse Ígor -, de muito ferro gelado contra o feitiço...

Suas palavras eram pronunciadas com bastante clareza. Ígor, contudo, levou a mão à testa, como se quisesse afastar uma lembrança demasiado cruel, uma maldição demasiado recente. Avançava a passos largos, seguido pela multidão por ele reunida.

- Sanda, com quem ficou? - perguntou ele, algum tempo depois.

- Está com o médico e duas camponesas - respondeu o sr. Nazarie, intimidado.

Não gostava nada do passo decidido e severo de Ígor, nem do modo como mobilizara de surpresa os camponeses aturdidos. Aquela gente despertara muito de repente ao som de suas palavras. Diante do fogo, o ferro que Ígor exigira tinha uma função mágica, vingativa. Ele incitara do nada as pessoas a procurar facas em casa e a acompanhá-lo na direção do casarão...

- Você quer que todos nos acompanhem para dentro da casa? - perguntou o sr. Nazarie, confuso.

Alguns camponeses estacaram na entrada, vacilantes. Mas Ígor fez-lhes sinal para que avançassem, fossem atrás dele.

- Confeccionem tochas rapidamente, daquilo que encontrarem - instigou-os.

Estava escuro no interior do casarão. Alguém entrou com um galho de acácia em chamas, retirado do incêndio, mas a chama logo se extinguiu, enchendo o lugar de uma fumaça áspera e sufocante. Ígor estava impaciente. Não tinha mais tempo nem vontade de procurar uma lamparina a gás. Num só lugar ardia um ponto de luz – no quarto de Sanda –, mas ele não queria mais passar por ali. Fixou os olhos nas cortinas de tecido das janelas do corredor.

– Não dá para fazer tochas com elas? – perguntou, mostrando-as ao grupo.

Aquele cujas pálpebras tremiam incessantemente aproximou-se da janela e arrebatou uma cortina, derrubando-a com o suporte de madeira. O barulho era o primeiro cumprimento da desordem que o chamado de Ígor prometia. Os camponeses arquejavam, deparando consigo mesmos furiosos, sem saber porém contra quem deveriam dirigir aquela fúria.

– Cuidado para não incendiar a casa – disse Ígor com rispidez, ao ver seu companheiro desconhecido ateando fogo à cortina.

– Pode deixar que sei o que estou fazendo, boiardo – respondeu ele.

Enrolou a cortina num bastão, acendendo apenas a ponta. Outro, ao seu lado, rasgou uma faixa de cortina e ateou-lhe fogo com o mesmo cuidado. O corredor estava agora cheio de fumaça, levemente iluminado pela chama vacilante do tecido. Ígor foi o primeiro a avançar. Pareciam atravessar um porão, tão úmida e sufocante era a atmosfera.

O médico corria ao lado de Ígor. Queria lhe dizer alguma coisa, mas sufocou-se com a fumaça e teve um acesso de tosse. Passavam ao longo de diversas portas que Ígor observava com atenção, hesitante, o rosto contraído como se procurasse se lembrar de algo. Perto do fim do corredor, deu um encontrão na babá. Estava assustada, com olhos turvos e lacrimejantes.

– O que está procurando aqui? – perguntou-lhe Ígor, ríspido.

– Estava tomando conta da patroa – sussurrou a mulher com voz seca. – Vieram incendiar o resto das propriedades?!

A pergunta soou maldosa; apesar do susto que o olhar da babá traía, sua expressão era zombeteira.

– Onde está dona Moscu? – perguntou-lhe Ígor, calmo.

A babá apontou para a porta:

– No quarto da senhorita...

Calou-se. A respiração de todas aquelas pessoas agora chegava até ela, inquietando-a, aturdindo-a.

- No quarto de Christina, não é? - disse Ígor.

A mulher respondeu com um gesto positivo da cabeça. Ígor se virou para o grupo e disse:

- Segurem essa aqui com vocês, ela é meio louca também... Mas não a machuquem...

Entrou ele primeiro no quarto de Christina, sem bater. Lá dentro, ardia uma lâmpada sinistra e uma lamparina a gás. Dona Moscu estava no seu aguardo, orgulhosa, em pé no meio do quarto, com olhar sereno. Ígor ficou por alguns instantes desnorteado diante daquela aparição inesperada, daquela cabeça branca de dona Moscu, de sua figura solene.

- Veio atrás de terras? - perguntou dona Moscu. - Não temos mais terras...

Ela parecia não enxergar Ígor. Parecia falar diretamente com alguma das pessoas atrás dele, com algum daqueles rostos endurecidos e obstinados, aqueles olhares transtornados com aquele casarão em que ninguém mais dormia havia tanto tempo.

- ... Eu poderia chamar a polícia - continuou dona Moscu -, poderia mandar os peões baterem nas solas dos seus pés. O capitão Darie, de Giurgiu, é meu amigo, eu poderia pedir que viesse até aqui, com todo o seu regimento... Mas não quero derramamento de sangue. Se você veio atrás de terras, fique sabendo que não temos mais terras. Tiraram-nas de nós...

Ígor percebeu que dona Moscu delirava, achando que se encontrava em plena revolta e tentando impedi-la, tentando evitar que algum camponês perdesse a cabeça. Logo ao lado as outras alas da casa pegavam fogo, haviam chegado vários camponeses com seus instrumentos agrícolas, sufocados pela fumaça, pelo cheiro de tecido queimado. Dona Moscu continuava falando:

- ... Você insurgiu o vilarejo inteiro e ateou fogo à casa... Esqueceu-se de que eu também tenho duas filhas...

Naquele momento, Ígor sentiu-se trespassado por um olhar frio, metálico e criminoso. Ao erguer a cabeça, deparou com o retrato da senhorita Christina. Ela agora não lhe sorria mais. Fechara um pouco as pálpebras e lhe desferia um olhar profundo, inquiridor e repreensivo. Ígor estremeceu, mordendo os lábios. Precipitou-se de repente na direção de dona Moscu e a removeu do meio do caminho, atirando-a sobre o leito de Christina. Dona Moscu começou a tremer.

- ... Quer me matar? - sussurrou ela, numa voz quase inaudível.

Ígor pegou o machadinho da mão do seu companheiro e se aproximou do quadro. Alçou bem alto o braço, para em seguida golpear a face envolta em rendas da senhorita Christina. Teve a impressão de ver os olhos piscarem, o peito vibrar. Teve também a impressão de que sua mão estava caída, o cotovelo para baixo, como a mão de uma morta, insensível. Mas fora apenas uma impressão. Pois, no instante seguinte, o machadinho ergueu-se de novo e destroçou o rosto viçoso de Christina.

Enquanto isso, ouviam-se os gritos sufocados de dona Moscu; a dor fazia seu sangue ferver com maior ferocidade.

- Pare com isso, você vai derrubar as paredes! - gritou atrás dele o sr. Nazarie.

Virou-se. Sua testa estava coberta de suor e enegrecida pela fuligem. Seus lábios tremiam. Os camponeses olhavam para ele atordoados, inquietos, sôfregos. Mal se continham, o sorriso do quadro retalhado pela metade os incitava também, o golpe contra o retrato da senhorita Christina despertara também neles um apetite para aniquilar, para pisotear, para ensombrecer os aposentos dos proprietários com a vingança que há muito vinha sendo urdida.

- Por que a mataram?! - ouviu-se de repente o grito de dona Moscu. - Ela vai estrangular todos!...

Trêmulo, Ígor aproximou-se do sr. Nazarie...

- Leve-a daqui - disse ele apontando para a cama onde estava deitada dona Moscu. Leve-a e a vigie bem...

Dona Moscu estrebuchava. Dois jovens, junto com o sr. Nazarie, saíram com ela pela porta, justo no momento em que a lâmpada se apagava, fumegante.

- ... É o vampiro, a boiarda!... - sussurrou alguém junto à janela.

Ígor sentiu de novo a febre que o dominava e o arrancava do sonho com tanta força. Cobriu o rosto com as mãos. O machadinho escorregou por cima do tapete, quase inaudível. Alguém o apanhou do chão, com um gesto trêmulo.

- Eis os aposentos da senhorita Christina! - gritou Ígor de repente, com uma voz colérica. - Quem estiver com medo que vá embora; quem não tiver medo, me acompanhe!... E destrua!...

E foi o primeiro a se precipitar, a socos e joelhadas, sobre a mesinha ao lado da cama. Apanhou em seguida duas faixas do quadro rasgado e as puxou furiosamente para baixo. Em poucos instantes os invasores já estavam por todos os lados, quebrando, despedaçando, golpeando a machadadas a mobília, as janelas, as paredes...

- Cuidado para que nada pegue fogo! - gritou Ígor, ensandecido.

Sua voz não se fazia mais ouvir. Calados, ofegantes, afogados em fumaça e destroços, com os olhos quase fechados, tropeçando uns nos outros, os camponeses devastavam os aposentos da senhorita Christina.

– Que nada pegue fogo! – gritava Ígor.

Fez espaço para passar, com o braço por cima dos olhos, evitando esbarrar em alguém. O corredor estava cheio de gente.

XIX

Deteve-se diante de uma janela para contemplar o incêndio. As chamas ameaçavam propagar-se para o telhado das construções mais antigas.

Os habitantes do vilarejo chegavam e se aglomeravam ininterruptamente. "Começaram a chegar inclusive dos vilarejos vizinhos" – pensou Ígor consigo. Ainda estava muito agitado. Golpes de machado retumbavam do quarto de Christina. No corredor, as pessoas se acotovelavam; sua respiração profunda pairava por toda parte, o cheiro de suas roupas, o pulsar atordoado de seu sangue. "Só espero que não lhes passe pela cabeça um saque..." – temeu Ígor.

Foi difícil chegar até o quarto de Sanda. A moça ainda estava deitada amortecida, com o rosto lívido, de olhos fechados. Havia muitas mulheres em torno da cama. Vislumbrou o médico num canto, concentrado, apertando com as duas mãos o cano da espingarda. Junto ao travesseiro de Sanda, uma velha desfazia o quebranto*:

---

* Fenômeno até hoje muito presente na cultura popular romena, o desenfeitiçamento (*descântec*) é realizado recitando-se um texto mágico, geralmente em versos, o qual, acompanhado por determinados gestos, teria o poder de curar doenças ou quebrar feitiços. (N. T.)

... şi văzui un zbârc roş,
Voia sângele să i-l beie,
Zilele să i le ieie.
Ba nici zilele n-ai să i le iei,
Nici sângele n-ai să i-l bei,
Că eu cu acul oi descânta,
Cu mătura oi mătura,
În trestie l-oi băga,
Şi-n Dunăre l-oi arunca
Şi Sanda de-acu o rămânea
Curată!...*

Sanda pareceu ter sido chamada das profundezas do sono, pois revirou-se na cama, debatendo-se. A velha pegou a mão dela e a apertou contra o gume gelado de uma faca. A moça começou a gemer. Ígor levou as mãos às têmporas e fechou os olhos. De onde vinham aqueles ruídos surdos e indefinidos, como se algo desmoronasse ao longe? As fundações da casa gemiam, como se enormes asas de madeira rangessem, rachadas. A atmosfera se deixava dominar por um rumor nebuloso, sonolento, como um uivo ininterrupto. Dentro do quarto, o ambiente era mais opressor. O sono de Sanda era tão próximo da morte que Ígor se precipitou para cima do médico e o chacoalhou, angustiado.

– Por que ela não acorda?! – perguntou ele.

O médico o fitou longamente, admirado, admoestador. Parecia não acreditar que Ígor era incapaz de compreender algo tão simples e tão sério.

– O vampiro ainda não morreu – sussurrou ele, solene.

Naquele momento, o sr. Nazarie se aproximou de Ígor.

– Vá lá fora, o pessoal perdeu a cabeça... Querem demolir tudo.

De fato, do corredor podiam-se ouvir, mais enérgicos, golpes destruidores. De vez em quando, o grito agudo de uma janela estilhaçada se erguia em meio a rumores surdos, pesados, embaçados.

– Você tem de falar com eles! – disse o sr. Nazarie –, eles já devastaram alguns cômodos!... Você será acusado amanhã de manhã!...

---

* "... e eu vi um monstro vermelho,/ Queria beber o sangue dela,/ Levar a vida dela./ Mas não levarás a vida dela,/ Nem beberás o sangue dela,/ Pois eu vou desenfeitiçar com a agulha,/ Vou varrer com a vassoura,/ Vou metê-lo na cana,/ E atirá-lo ao Danúbio/ E Sanda a partir de agora vai ficar/ Limpa!...". (N. T.)

Ígor levou de novo as mãos às têmporas e fechou os olhos. Seus pensamentos começavam a se agitar, sua vontade começava a se dissipar.

- É melhor assim - acabou dizendo ele -, é melhor que derrubem tudo!...

O sr. Nazarie o sacudia, assustado com a debilidade de Ígor.

- Seu doido! - gritou ele -, você não sabe o que está fazendo! Isso tudo é o dote de Sanda!...

Ígor parecia recobrar-se. Crispado, com os punhos cerrados, correu para a multidão.

- Para trás todos! - pôs-se a gritar. - Para trás, que a polícia está chegando...

Com dificuldade abriu espaço para passar até perto dos aposentos de Christina. Tudo estava irreconhecível. Por toda parte janelas estilhaçadas, paredes esburacadas, móveis esfacelados.

- Para trás! Para trás! - berrava Ígor, desesperado. - A polícia chegou! O regimento chegou!...

* * *

Pouco a pouco, o saque se amainava, se exauria. Não porque houvessem ouvido a ordem de Ígor. Mas correu o boato de que a senhorita Sanda estava para morrer, de maneira que as pessoas começaram a recuar, acanhadas. Ao pátio aglomerado chegavam, vindos do interior da casa, grupos e mais grupos de homens, todos empoeirados, sujos de fuligem, com o cabelo cobrindo-lhes os olhos. Os que estavam do lado de fora permaneciam numa angústia calada.

- Venha comigo! - disse Ígor ao sr. Nazarie.

Parecia de novo nervoso, impaciente; sua voz era seca.

- Por que esta noite não termina mais?! - exclamou ele, erguendo o olhar para o céu. - Nem me lembro mais quando foi a última vez que vi a luz do dia...

Ao longe, ainda invisível, a aurora se aproximava. O céu estava gélido, límpido, petrificado. As estrelas haviam desaparecido ao movimento das chamas. Ígor pegara de um camponês uma lamparina a gás e a segurava com cuidado, a fim de que não se apagasse durante o caminho. Avançava decidido, pensativo. Ao ver que se dirigia para o estábulo, o sr. Nazarie se assustou.

- O que pretende fazer? - perguntou, com a voz embargada.

Teve medo ao se distanciar tanto das pessoas, da luz do incêndio. Teve medo, pois o prolongado desmaio de Sanda fazia-o lembrar-se ininterruptamente do poder dos feitiços.

Em vez de responder, Ígor apertou o passo na direção do velho estábulo. A escuridão era plena, a lamparina emitia uma luz trêmula e fraca. Ao longe, podia-se ver o clarão do fogo por cima de todas as alas do casarão. Quando Ígor abriu o portão do estábulo e deu o primeiro passo para dentro, o sr. Nazarie começou a entender, tomado por um pavor ainda mais gélido. Não se atrevia a levantar o olhar. Ígor seguiu direto para o fundo do estábulo. A carruagem da senhorita Christina estava no lugar de sempre, imóvel.

- *É esta?* - perguntou Ígor, erguendo a lamparina para que o sr. Nazarie pudesse enxergar melhor.

O professor confirmou com um gesto da cabeça, pálido. Era a mesma caleche velha, adormecida; exatamente como a vira pouco antes, na alameda principal, no aguardo dos pés vaporosos da senhorita Christina.

- ... E, apesar de tudo, a porta permaneceu fechada - sussurrou Ígor, sorrindo.

Tinha estampado no rosto um sorriso estarrecido, sua voz era insegura, inquieta. O sr. Nazarie olhava para baixo.

- Vamos sair daqui - disse ele. - Quem sabe o que está acontecendo no casarão...

Mas Ígor parecia pensar completamente noutra direção. Como se não o tivesse escutado, ele continuou olhando, à luz embaciada da lamparina, para as almofadas de couro velho e puído da carruagem. Então, era *verdade*; a senhorita Christina viera *verdadeiramente*... Tinha agora a impressão de ver de novo o seu corpo incomum sobre as almofadas da carruagem. Que estranho, ainda se sente no ar o perfume de violeta!...

- Vamos, Ígor! - disse o sr. Nazarie, impaciente.

No final das contas, portanto, tudo vai se confirmar, pensava Ígor consigo mesmo. Abaixou a cabeça, cansado. Lembrou-se de seu primeiro encontro com a carruagem da senhorita Christina.

- Que estranho - disse ele de repente -, que estranho que ninguém tinha visto Simina!...

Dirigiram-se para a porta. O sr. Nazarie estava apressado, temendo olhar para trás.

- De fato, não a vi mais desde quando a casa começou a pegar fogo - disse ele. - Deve estar escondida em algum lugar...

- Sei muito bem onde encontrá-la - sussurrou Ígor, sorrindo. - Sei muito bem onde a bruxa está escondida...

E, mesmo assim, que estranho desespero partia-lhe o coração; como se tivesse despertado de repente sozinho, amaldiçoado, sem forças para conseguir sair do círculo de fogo do feitiço, determinar seu próprio destino...

* * *

O médico saiu do quarto de Sanda. Ficaram lá apenas as mulheres junto com dona Moscu, que alguns camponeses humildes haviam carregado nos braços até ali. O médico aguardava no pátio, junto à multidão, o fim do incêndio. Não pensava em mais nada e nem mesmo se lembrava desde quando se encontrava naquela prazerosa exaustão, em sua calorosa vacuidade. Admirou-se ao ver Ígor surgindo de novo entre as pessoas, admoestando-as mais uma vez a segui-lo. Não ouviu suas palavras; viu apenas como erguia os braços, o rosto ensombrecido. Um grupo de camponeses pôs-se a segui-lo, sem pressa, colados uns aos outros, cabisbaixos. O médico os seguiu também. À frente, alguém levava uma tocha. Ígor ainda segurava, com a mão esquerda, junto ao peito, a lamparina a gás. Com a mão direita, empunhava uma barra delgada de ferro.

– Deixem-me descer primeiro – disse ele, ao chegar à entrada do porão. – Esperem aqui e, se me ouvirem gritar, pulem também...

O sr. Nazarie quis detê-lo. Seus olhos queimavam de insônia, de febre. Seus dedos tremiam ao cravar o braço de Ígor.

– Você vai descer sozinho? Enlouqueceu?! – gritou ele.

Ígor o fitou com um olhar desnorteado. Mas onde arranjara força para comandar aqueles homens com tanta obstinação? – admirou-se o sr. Nazarie. Pois os olhos de Ígor traíam uma imensa fadiga, ao passo que o delírio se insinuava em suas pupilas turvas, em seus lábios secos e marmóreos.

– Você pode vir comigo – disse ao professor. – Mas tem de trazer um pedaço de ferro na mão... Para nos defendermos – acrescentou, num sussurro.

Puseram-se a descer os degraus do porão. Os outros ficaram agrupados no lado de fora, com a respiração mais controlada, sentindo-se ainda ilesos e vivos por estarem estreitos uns aos outros. Antes de desaparecer na boca escura do porão, Ígor lançou um último olhar para fora. Ao longe, o céu parecia começar a embrumar.

– Em breve será dia – disse Ígor, virando-se para o sr. Nazarie.

Deu um sorriso e desceu rapidamente os degraus gelados, mantendo com emoção a lamparina junto ao peito.

O sr. Nazarie o seguia de perto. Ao sentir a areia fria debaixo dos pés, estremeceu e penetrou na escuridão. Não se via nada além da superfície ao longo da qual eles deslizavam, iluminados apenas pelas tremulações da lâmpada. Ígor avançava sem hesitar direto para o fundo do porão. Quanto mais longe penetravam, mais dispersos se tornavam o rumor do incêndio e o baque das paredes.

O silêncio voltava a reinar, ali, debaixo da terra.

- Está com medo? - perguntou num átimo Ígor ao sr. Nazarie, iluminando-lhe o rosto.

O professor piscou várias vezes os olhos, ofuscado. "O que é que se passa com ele, que pensamentos desvairados brotam da mente de Ígor?"

- Não estou com medo - disse o sr. Nazarie -, pois trago comigo o pedaço de ferro e também uma cruz... Ademais, logo será dia... E então nada mais poderá nos afetar...

Ígor calou-se. Continuou andando, crispado, atirando de uma mão à outra a barra de ferro. Entravam agora no segundo cômodo. Ígor reconhecia, aterrado, o caminho. Por uma janelinha alcançava-os uma levíssima sombra da cor do sangue. "Estamos passando ao lado do incêndio" - pensou consigo o sr. Nazarie. Ouvia-se, porém, pouco barulho vindo do lado de fora. A abóbada pesada e as paredes geladas asfixiavam o som, petrificavam a voz.

- Está vendo algo na nossa frente, *ali*?! - perguntou Ígor num sussurro, detendo-se e apontando com a lâmpada para um pedaço de escuridão.

- Não dá para ver nada - respondeu o sr. Nazarie.

- Sim, mas apesar de tudo, *ali está* - replicou Ígor, obstinado.

Avançou a passos largos, decidido. A luz começou a tremer. A atmosfera se tornou mais pesada, mais úmida. As paredes pareciam feitas de cinza, a velha abóbada se curvava muito perto da cabeça deles, opressiva.

Simina foi encontrada com o corpo todo estirado sobre a terra mole, cheia de ranhuras. Nem mesmo ouvira o passo dos dois, a luz da lâmpada parecia incapaz de despertá-la daquela angústia marmórea. Ígor começou a tremer, aproximando-se do corpinho atormentado de Simina.

- É *ela* que está aqui, não é? - sussurrou, sacudindo o ombro de Simina.

A menina virou-se para ele e o fitou sem surpresa, como se o houvesse reconhecido. Não respondeu. Permaneceu aderida à terra que em vão rebuscara com as unhas, à qual colara tensa seu ouvido, à espera. As mãos sangravam, as coxas estavam sujas, o vestido apresentava manchas de folhas esmagadas ao longo do seu trajeto, escorregando pela noite.

- Você a espera em vão, Simina - disse Ígor, ríspido. - Christina morreu uma vez, faz tempo, e agora vai morrer de vez!...

Precipitou-se furioso para cima da menina, ergueu-a do chão com brutalidade e a sacudiu em seus braços.

- Acorde! Christina irá agora para o Inferno, cujas chamas consumirão sua carcaça!...

Uma estranha agitação o dominou enquanto pronunciava essas palavras. A menina pendia molemente em seus braços. Seus olhos pareciam de vidro, fitando-o perdidos. Mordera os próprios lábios, que sangravam. Ígor se afligiu. "Preciso tomar uma decisão agora, rápido" - pensou ele, estarrecido. "Preciso tomar uma decisão para redimir todos..."

- Segure-a nos braços e faça o sinal da cruz! - disse ele ao sr. Nazarie, entregando-lhe o corpo lasso de Simina.

O sr. Nazarie fez um grande sinal da cruz e, em seguida, pôs-se a murmurar uma oração desconhecida. Ígor se aproximou do lugar onde encontrara Simina, perscrutador, esforçando-se por penetrá-lo, por fazê-lo revelar o sombrio tesouro que involuntariamente guardava. Pegou a pesada barra de ferro e a pressionou contra a terra com todo o seu peso. Sua testa cobriu-se de um suor gelado.

- O coração dela está aqui, Simina?! - perguntou ele, sem se virar para ela.

A menina o olhou aturdida, e começou a se debater nos braços do professor. Ígor retirou o ferro, que penetrara só pela metade, e o enfiou num lugar ao lado, com uma fúria implacável.

- Está *aqui*? - perguntou ele de novo, embargado.

Simina arrepiou-se. Seu corpo crispou-se brusco nos braços do sr. Nazarie, seus olhos reviravam. Ígor sentiu como tremia o braço que apertava. "Agora acertei" - pensou ele, atormentado. Abandonou todo o peso do corpo sobre a barra de ferro, berrando, apertando as pálpebras. Sentia como o ferro penetrava na carne, como a barra palpitava, abrindo espaço. Deixou-se tomar por frêmitos, pois essa difícil penetração mergulhava-o aos poucos num delírio, num assustador desvario. Como se sonhasse, ouviu os gritos de Simina. Ao ter a impressão de que o sr. Nazarie se aproximava para detê-lo, agarrou-se com maior firmeza ao que fazia, caiu de joelhos e empurrou com suas últimas forças, embora o ferro lhe ferisse as mãos, machucando-lhe os ossos dos punhos. Mais fundo, mais longe, até o coração, até o âmago de sua existência amaldiçoada!...

Subitamente, ele se deixou envolver por um doloroso encantamento. Reconheceu, espantado, as paredes de seu próprio quarto, viu a cama em que estava deitado e a garrafa de conhaque na mesinha. De novo, o mesmo perfume de violeta. E ouviu, como numa canção, as velhas palavras:

...Şi ochii mari şi grei mă dor,
Privirea ta mă arde...

Onde haviam ido parar, de repente, Simina e o sr. Nazarie, e as paredes de cinza do porão?!... Ouviu uma voz chamando-o, muito triste e distante.

– Ígor!... Ígor!...

Virou-se. Não havia ninguém. Tinha ficado sozinho, sozinho para sempre. Nunca mais haveria de reencontrá-la, nunca mais haveria de ser perturbado por seu perfume de violeta, sua boca sangrenta não haveria mais de sorver-lhe a respiração...

Despencou. O escuro estava de novo denso e frio. Sentiu-se enterrado vivo num buraco desconhecido, sem que ninguém soubesse dele, sem esperanças de redenção...

Do outro lado aproximaram-se passos humanos e um ponto de luz. Alguém lhe perguntou, aproximando bem o rosto dele:

– Você conhece Radu Prajan? Ei-lo!

Virou a cabeça, assustado. Mais uma daquelas fantasias abstrusas! Radu Prajan, que agora se parecia com o sr. Nazarie, não ousava se aproximar dele, nem mesmo falar-lhe; olhava-o nos olhos apenas, chamando-o com seu olhar, implorando que viesse a fim de lhe revelar o grande perigo que o espreitava. Nos braços, segurava Simina, descabelada, de lábios alvos.

– Veja só, ela também morreu! – parecia dizer o olhar de Radu Prajan.

Mas talvez não fosse verdade, talvez ele falasse assim só para não ser reconhecido. Prajan também estava com medo, um pavor irresistível – pois ele o fitava empedernido, sem piscar...

* * *

Ao despertar, havia muita gente ao seu redor. Empunhavam tochas, machados, estacas de madeira. Diante dele, no chão úmido, viu a extremidade da barra de ferro. Então é *verdade*! – pensou. Deu um sorriso triste. Tudo fora verdade.

Ele próprio, justamente ele, a matara; e agora, de onde viria uma esperança, a quem ele deveria rezar, que milagre o levaria de novo para junto das coxas ardentes de Christina?!...

– Estão chamando lá de cima – ouviu ele uma voz desconhecida. – A senhorita Sanda está morrendo...

Baixou a cabeça, sem responder. Nenhum pensamento. Só a solidão, sua profetizada solidão.

– Morreu! – sussurou outra voz ao seu lado.

Sentiu-se erguido por braços. Pôde ouvir mais uma vez a mesma voz, bem próxima do ouvido:

– Morreu a senhorita Sanda!... Suba, que se instalou uma tragédia lá em cima!...

Quem falara tão perto dele, em meio à sua imensa solidão, naquela madrugada em que ninguém mais, em que nenhum rumor mais poderia penetrar?!...

Carregaram-no nos braços. Ao seu redor, os cômodos se sucediam, enfeitiçados. No início, passou por um grande salão de baile, de candelabros dourados dos quais pendiam pontas em forma de flechas de cristal. Deparou com casais elegantes que naquele exato momento pararam de dançar para observá-lo, perplexos, admirados. Cavalheiros em trajes negros, damas com leques de seda... Em seguida, uma sala estranha, com muitas mesas verdes e pessoas desconhecidas jogando cartas, silentes. Todos o fitavam admirados enquanto era levado nos braços por homens invisíveis. Agora subia os degraus para uma sala de jantar com mobília antiga de madeira. Agora começava o corredor... Mas o corredor de repente se embaça em meio a um vapor azulado do qual se ergue, em algum lugar, bem perto, uma gigantesca língua de fogo. Ígor cerrou os olhos. "Então é *verdade*" – lembrou.

– Agora pegou fogo também a outra ala do casarão! – ouviu-se uma voz.

Ígor tentou se virar e procurar a pessoa que lhe falara tão de perto. Só encontrou uma asa de fogo, sem começo e sem fim. Cerrou os olhos.

– Como se consumiu a família do boiardo!...

Era a mesma voz desconhecida, vinda dos confins do sono.

[1936]*

---

* Ano de publicação. (N. E. romeno)

POSFÁCIO

amor impossível
SORIN ALEXANDRESCU

O ROMANCE SENHORITA CHRISTINA FOI PUBLICADO EM 1936, quase simultaneamente com a tese de doutorado de Mircea Eliade, *Yoga. Essai sur les origines de la mystique indienne*. A coincidência é significativa: sua obra terá sempre dois planos discursivos – o científico, dedicado à história das religiões, e o literário. O plano literário, porém, gozará também ele de duas fórmulas diferentes. A primeira é representada pelo romance de envergadura social, como *Întoarcerea din rai* [O retorno do Paraíso] (1934) e *Huliganii* [Os arruaceiros] (1935) e, mais tarde, *Noaptea de Sânziene* [Noite de São João], publicado inicialmente na tradução francesa, *Forêt interdite*, em 1955, e em romeno só em 1971. A segunda fórmula é a do romance curto ou das novelas mais longas, de certo modo situadas na margem ou nas fissuras da realidade, onde o imaginário ou o mito perturba seus contornos. Aqui se inscreve *Senhorita Christina*, a que se seguirão *Şarpele* [A serpente] em 1937, *Secretul doctorului Honigberger* [O segredo do doutor Honigberger] e *Nopți la Serampore* [Noites em Serampur] em 1940, e numerosos outros contos "fantásticos" depois da guerra. Ademais, os cenários da ação são também eles duplos: ora na Índia, país em que Eliade estudou entre 1928 e 1931, ora na Romênia do entreguerras. A paisagem não estaria completa sem adicionarmos a produção de ensaios literários e artigos de jornal inspirada pela atualidade, extremamente abundante até 1938 e muito mais reduzida depois daquele ano. Essa vertente será retomada nas décadas seguintes num sexto tipo de discurso, a saber, em *Diário*, *memórias* e em vasta correspondência. Todos esses discursos vão permanentemente se entrecruzar no período em que Eliade desempenhará as funções de adido cultural em Londres e Lisboa (1940-1944), e de professor de história das religiões, em Paris depois de 1945 e, a partir de 1957, em Chicago, até o fim da vida (1986). Se a reputação de Mircea Eliade, em vida, devia-se – na França, nos Estados Unidos e nos demais países – sobretudo à sua obra científica, escrita em francês e inglês, sua literatura, escrita em romeno, passou a amealhar, já no fim de sua vida e postumamente, a mesma admiração, tendo sido traduzida nas mais importantes línguas do mundo. Ainda hoje, a literatura romena é conhecida mundialmente em especial graças a Eliade, Cioran e Eugène Ionesco, jovens escritores da Bucareste dos anos 1930, época em que frequentavam o mesmo círculo, *Criterion*, tendo permanecido amigos em Paris como refugiados políticos, em diversos momentos do pós-guerra, devido à ocupação soviética na Romênia.

Senhorita Christina encontra-se, portanto, no início de toda uma série literária. Ele surge, aliás, como todo romance realista, apoiado em certo distanciamento do mundo pequeno-burguês da época. Se os "arruaceiros" dos romances realistas o contestam com violência e quase sempre desprovidos de alternativa, embora não de esperança em "algo" ainda desconhecido, as personagens dos romances fantásticos veem-se numa fenda da realidade, ou mesmo em outro mundo, sem procurá-lo, embora inconscientemente o desejem. As personagens de *Senhorita Christina* assemelham-se às de *O segredo do doutor Honigberger* e *Noites em Serampur*, diferenciando-se apenas os agentes do desencadeamento ontológico. Naquele último, Suren Bose, perturbado pelos europeus durante suas práticas tântricas, arremessa-os a outro tempo histórico a fim de se proteger. Em *Senhorita Christina*, trata-se da sede de um vampiro (feminino) pelo elemento humano; em *A serpente*, é a inquietude de uma espécie de sedutor ambíguo, talvez ser humano, talvez não. Em todos esses textos, a causa da quebra da realidade provém de fora dela, ao passo que o que a transcende, o "i-real", exprime-se por meio de diversas referências: a antigos escritos indianos nas duas primeiras novelas, e ao folclore romeno em *Senhorita Christina* e *A serpente*. Podemos, assim, considerar tais códigos culturais, sempre presentes na literatura de Eliade, como uma espécie de *frame of knowledge*, um quadro teórico que legitima uma narração bastante bizarra.

Num casarão esquecido

Num casarão esquecido na planície do Danúbio, o pintor Ígor, o arqueólogo Nazarie e depois um médico cujo auxílio fora solicitado, todos os três gente urbana de formação moderna, tornam-se pouco a pouco testemunhas de um drama mais próprio do universo rural arcaico. Os hóspedes são recebidos por dona Moscu, proprietária do casarão e da fazenda. No momento da ação (1935), ocorrem coisas cada vez mais estranhas: pássaros e animais domésticos desaparecem, empregados se dispersam, à exceção de uma estranha babá, que parece desfigurada, enquanto dona Moscu e sua filha Sanda, de vinte anos, enfraquecem a cada dia. Uma irmã de Sanda, Simina, de apenas nove anos, denota maturidade precoce, sugerindo poderes sobrenaturais. A mãe e a filha menor revelam sua obsessão por Christina, irmã de dona Moscu, sete anos mais velha, morta em 1907, ou seja, quase trinta anos antes. Curiosamente, não há nenhum homem nessa casa ou nenhum é mencionado nas conversas, nem mesmo o marido de dona Moscu, pai de Sanda e de Simina. Na ausência deste, o elemento masculino é representado apenas por Ígor; Nazarie e o médico são testemunhas desenhadas com menos clareza. Por Ígor apaixona-se Sanda, a Ígor se insinua Simina, também Ígor é assediado por Christina, vinda do "além". No fundo, todo o romance é a história dessa corporificação paulatina e das perturbações que ela provoca na ordem das coisas. Mircea Eliade revela que aquilo que despertou seu interesse para tal história foi o fato de que "um ser espiritual", comportando-se como um corpo vivo, constitui fonte de corrupção para todos ao seu redor*. Pessoalmente, acredito que o significado deste romance ultrapassa tal intenção.

Eros, Thanatos

O morto-vivo Christina se alimenta do sangue dos vivos, do sangue dos pássaros e, muito provavelmente, do de Sanda e dona Moscu. Declara ela a Ígor, porém, que não deseja o sangue dele, mas seu amor (ou haveria aqui uma equivalência simbólica sangue/esperma?): "Não importa o que aconteça, não tenha medo de mim. Com você vou me comportar de outra maneira, de outra maneira... O seu sangue é valioso demais, meu querido". As notícias do vilarejo trazidas por Nazarie, contudo, falam da prostituição sardônica de Christina e de seu assassinato cometido pelo capataz, amante ciumento. Começando pela sua imagem numa pintura de Mirea** – excelente ideia de Eliade –, a recorporificação de Christina se acelera à medida que os corpos das outras duas mulheres se debilitam. Ela, porém, deseja o corpo de Ígor como mulher, e não como morto-vivo. Uma espécie de materialização às avessas ocorre em todo o romance: na direção do zero, ou seja, extinção para uns, plenitude para outros. Enquanto Sanda fenece, Simina se torna mulher "plena" ao seduzir e mesmo subjugar Ígor no porão, numa cena verdadeiramente sádica. Seu beijo se transforma em mordida: "Ao sentir o sangue, Simina o sorvera, sedenta". Christina morta e Simina viva sofrem também elas uma espécie de transferência inversa: enquanto a primeira se humaniza, a segunda se vampiriza. Diante de Ígor, Christina recita os versos de Eminescu, com os quais a filha do imperador se dirige a Vésper: "Ardo de amor quando me miras". À medida que o corpo dos homens padece com a proximidade do morto-vivo, aparentemente este também sofre com a pressão do elemento humano no aumento da intimidade. Christina fala com Ígor como uma mulher apaixonada. Repele os boatos trazidos por Nazarie, comportando-se como uma inocente acusada injustamente à boca miúda. Seu desejo de se despojar da aura demoníaca e destruidora parece sincera, embora sublinhe ao mesmo tempo a condição mortal de Ígor – que é, aliás, muito compreensível, à diferença da condição dela mesma: "*Com você* não vou fazer nada. Só quero amá-lo... Vou amá-lo como jamais um mortal foi amado". É quase idêntica à declaração de amor de Vésper (Hyperion) dirigida à filha do imperador (Cătălina) no texto de Eminescu.

Eliade lança mão desse contexto romântico decerto porque só assim seria capaz de conotar o tom sublime e ao mesmo tempo fatal do amor que a poesia e a literatura vieram a perder mais tarde: o realismo, assim como o modernismo ulterior, "desenfeitiçaram" os sentimentos. Só uma linguagem extrema, a linguagem romântica, seria capaz de exprimir uma relação extrema: o amor de um imortal – mesmo que parcialmente, como no caso do morto-vivo, ou eternamente,

---

* *Memórias*, Bucareste, Humanitas, 1997, p. 320.
** George Demetrescu Mirea (1852-1934), pintor acadêmico romeno.

como Vésper – por um mortal. Não passaria essa declaração de um mero estratagema com vistas a desmobilizar Ígor? Acredito que não, pois Christina seria capaz de vampirizá-lo sem escrúpulos. Pelo contrário, acredito na sinceridade dela e nela vejo justamente o verdadeiro tema do romance. A questão que isso levanta não é apenas se é possível uma relação indestrutível entre um morto-vivo e um mortal, por meio da qual o primeiro resgate seu retorno à vida, abandonando o interlúdio que não é vida nem morte. A questão mais geral é se e como é possível uma relação entre duas criaturas situadas ontologicamente em universos diferentes, se e como é possível a transgressão da barreira ontológica *sem* desastres. Uma questão, aliás, levantada por vários ensaios e escritos sobre filosofia da religião assinados por Mircea Eliade. Apresentado dessa maneira, o tema do romance é muito mais amplo do que o próprio autor acima reconhecera. Podemos inclusive dizer que a "corrupção" do universo causada pela tentativa de Christina de transgredir a fronteira é apenas parte do problema. A "corrupção" precede a tentativa de sedução de Christina, sendo-lhe também simultânea. Não temos como saber o que teria acontecido *se* Ígor houvesse sucumbido. Ocorreria o "resgate" de Christina, seu retorno à vida integral por meio do amor partilhado, determinando também o renascimento do lugar, das pessoas e dos animais? Não temos como saber, mas um fluxo alternativo dos acontecimentos é sugerido pelo próprio sofrimento de Christina diante da resistência de Ígor. Quando Ígor, no capítulo VI, atordoado pelo perfume de violeta de Christina, reza a Deus, "seu sorriso pareceu tornar-se triste, desesperançoso". No capítulo XVI, a pressão erótica aumenta, seus corpos se encontram, através do beijo "a doçura envenenada esparramou-se pelo sangue", "a volúpia o sufocava, o humilhava. A boca de Christina tinha o gosto de frutas oníricas, o gosto de todas as exaltações proibidas, amaldiçoadas". "Mas agora eu a amo – gemeu Ígor". A tensão é portanto potencializada tanto na direção do prazer como na do horror: só uma explosão é capaz de definir o sentido final. Ela acontece quando a mão de Ígor toca no sangue de Christina, brotando da ferida do antigo disparo: a volúpia que vinha sendo partilhada se transforma num "terror nauseabundo". "Por um instante de amor, não hesitei diante da mais penosa maldição. E você hesita diante de uma gota de sangue, Ígor, mortal", reprochou-lhe, amarga, Christina. A resposta confirma: "Você está morta! Morta! – berrou ele, começando a delirar". O feitiço se desfaz. "Você vai me procurar a vida toda, Ígor, sem me encontrar! Você vai morrer de saudades minhas...". O que o próprio fim do romance nos sugere.

Só agora, quando se perde a chance ontológica por causa do medo do mortal, o equilíbrio, que antes ainda era frágil, desmorona rapidamente. Em delírio, Ígor destrói tudo, começando pelo retrato de Mirea; Sanda morre; assim como também, provavelmente, Simina; dona Moscu perde a razão; o corpo enterrado de Christina é morto pela segunda vez com uma barra de ferro; o casarão pega fogo: tudo por causa da "vitória" de Ígor.

Manutenção da fronteira: a parte do narrador

Será esta leitura do romance a única possível? Não, podemos lê-lo também a partir da perspectiva de Ígor: nesse caso, o centro ontológico é a *manutenção* da fronteira, *não a sua transcendência*, como na perspectiva de Christina. Se evocarmos a velha distinção de Genette entre "quem vê" e "quem narra" no romance, Ígor é aquele que vê todos os acontecimentos que presencia – em alguns casos, é Nazarie quem cumpre essa função – embora eles sejam narrados, em ambas as situações, por um narrador impessoal. Tudo o que se refere ao modo de se comportar e de falar de Christina, citado anteriormente, é visto e ouvido somente por Ígor. O narrador impessoal onisciente "sabe" o que Ígor pensa e sente, assim como todas as outras personagens, pois ele é também, sempre, um observador atento dos seus gestos, olhares e tons de voz. O narrador, porém, não funciona da mesma maneira diante de Simina e Christina: no caso delas, ele ignora o que elas sentem e pensam.

Em diversas situações, *o narrador, embora onisciente, não sabe tudo sobre algumas personagens**: uma dimensão espantosa do romance a qual não creio haja a crítica jamais abordado. Não se trata de um erro de Eliade, mas de um sentido profundo do romance. Apesar de sua onipresença, o narrador não sabe tudo sobre essas personagens. Mas vejamos quais.

Em *Senhorita Christina*, as exceções são Simina e Christina. O narrador pode ver os acontecimentos a partir da perspectiva de cada ser humano, mas não da de um morto-vivo. *O narrador não sabe como um não humano pensa ou como vê os homens*. No encontro de Ígor com Christina, o narrador nos relata que ela "Fitava-o insaciável, faminta", mas essa sentença nos revela que a cena é descrita a partir da perspectiva de Ígor, e não da de Christina, pois *só ele* ouve o que Christina lhe diz e só ele a vê fitando-o "insaciável". No mais, nós ouvimos as palavras que ela lhe dirige – seja a cena de um sonho que ele esteja tendo, ou daquilo que ocorria realmente em seu quarto – mas em nenhum momento passamos a saber, do interior dela, quais são suas intenções e quais são os meios que utilizará. A personagem Christina se corporifica aos poucos diante dos olhos da personagem Ígor e se atira aos seus braços: o narrador nos conta isso mais ou menos da mesma maneira que Nazarie teria feito se estivesse ali presente; ele é uma espécie de testemunha ocular ao ver a carruagem-fantasma (capítulo XVII). O morto-vivo, assim como seu *alter ego* Simina, é inacessível, não dispõe de uma interioridade, assim como os seres humanos propriamente ditos, de uma *Innerlichkeit* acessível ao narrador. O morto-vivo pode ser percebido por todos, inclusive visualmente por parte de Ígor, de Nazarie e do médico, mas é inteligível apenas àqueles que foram por ele contaminados – Simina, dona Moscu e Sanda – e não a outras pessoas. Elas morrem por contaminação, ao passo que os homens resistem, sobrevivem, embora profundamente aniquilados. O narrador permanece do lado deles. Invisível para todos, inclusive para o morto-vivo, ele tem outro tipo de presença substancial, embora não seja também material; vive apenas através da voz que conta para as pessoas, inclusive para o leitor, o que aconteceu.

O MESTRE DA CONOTAÇÃO

Por assim dizer, Mircea Eliade é um mestre da sugestão, dos duplos sentidos, da conotação, portanto. Praticamente todas as cenas são apresentadas num registro duplo perma-

---

*   A perspectiva autoral e onisciente do narrador pode se limitar ao que T. Todorov chama de "aspecto" e G. Genette de "focalização", expressa através da fórmula "Narrador < Personagem" quando o narrador sabe menos que a personagem. Vide G. Genette, *Figures III*, Seuil, 1972, p. 206.

nente: o que as personagens *fazem* e o que elas *sentem*. Em diversos momentos da narração, esses registros não coincidem. Essa distância sugere sempre um excesso de sentido verbal inarticulado mas perceptível talvez por meio de um sexto sentido. O discurso ambíguo de Simina sempre sugere, assim, a presença real, ou seja, *perceptível*, de Christina, embora nem sempre, pelo menos no início, ela seja vista ou percebida também pelas outras personagens. Certa vez, ao falar da aparência de Christina e o que ela lhe havia dito durante um sonho, Simina é violentamente repreendida por Sanda: "– Mentira! – repetiu, mais alto, Sanda. – Você não sonhou coisa nenhuma! Simina olhou para ela surpresa, direto nos olhos, como de hábito. Em seguida, sua boca severa arredondou-se num sorriso irônico. – Talvez não tenha sonhado mesmo – disse ela baixinho, e virou-se para a mãe". Se o sentido próprio (denotativo) da reprimenda de Sanda – acusação de mentira – é que Simina inventou ter sonhado com Christina e que, de fato, não sonhou, a resposta da menina adquire um sentido impróprio (conotativo): ela não sonhou com Christina, ela na verdade *a viu*, o que ela disse foi *ouvido* em realidade, não em sonho; Christina está viva. A presunção de que o morto-vivo esteja vivo apoia-se também pelas impressões de Nazarie. Passeando com Ígor pelo jardim, Nazarie põe-se a sussurrar de repente: "– ...algo está vindo de lá – disse ele. Ígor também virou a cabeça. [...] Não havia nada lá". Ambos, entretanto, escutam "um uivo", e um cachorro apavorado se arremessa aos seus pés. "– Ele também se assustou – sussurrou Ígor, acariciando-o". As palavras conotam uma presença percebida diferentemente pelas três criaturas vivas mas, naquele contexto, aquele "algo" só pode ser o morto-vivo Christina. Só mais tarde, após a ruptura definitiva entre Ígor e Christina, "permitiu-se" a Nazarie realmente vê-la partindo na carruagem-fantasma, junto com o cocheiro igualmente fantasma, para o terror de Simina, única capaz de compreender o que acontecera. "Agora não se tratava mais de uma alucinação vaporosa e assustadora, nem da presença opressora de um fantasma invisível. Christina o fitava ríspida, bem na sua frente – não em sonho". A última frase exprime a percepção de Nazarie: aos olhos *dele* Christina o fita "ríspida", só ele pode saber que a mulher estava "bem na sua frente", no espaço real do jardim do casarão, e "não em sonho", ou seja, em um sonho que Nazarie estivesse tendo. Mais uma vez, nenhum fragmento do romance revela da mesma maneira como Christina ou Simina vê ou sente. Na mesma cena, Simina: "Assustada, tinha um olhar turvo e vítreo. Seu rosto pálido parecia-se com a face nacarada de Christina [...]. Senhorita Christina, cansadíssima, lançou-lhe um sorriso muito triste fitando-a direto nos olhos, como se lhe relatasse só pelo olhar todo o acontecido – e em seguida a carruagem partiu, silenciosa, balouçante [...]". Mais uma vez, é evidente que a cena é apresentada a partir da perspectiva de Nazarie. Só ele podia ver que Simina estava assustada e só ele podia ter a impressão de que sua face se parecia com a da tia. Só ele também podia ver que Christina fitou Simina direto no olhos e que lhe deu um sorriso cansado. Que seu olhar fosse a confissão de um relato é também uma interpretação de Nazarie, relativizada com "como se" e, de qualquer forma, um relato que não especifica *qual* acontecido, pois Nazarie de nada sabia; só nós, os leitores, sabíamos desde o capítulo precedente o que aconteceu (o fracasso do encontro de Christina com Ígor).

A tensão da narração, desse ponto de vista, sofre um crescendo permanente

Podemos dizer, portanto, que a técnica narrativa de Eliade exprime a ontologia implícita do romance. A perspectiva de Ígor, vez ou outra a de Nazarie ou a do médico, ou seja, a dos seres humanos, contradiz a suposta perspectiva de Christina. Digo suposta porque ela é incluída, expressa e pressuposta também por seres humanos. O narrador só é onisciente no que toca a eles, excluindo o morto-vivo e seu "adjunto", Simina. A perspectiva humana é a do terror atroz diante da imiscuição de forças não humanas no quotidiano...

Feminino versus masculino

O fato de que os seres humanos sejam só homens e que as forças não humanas sejam só mulheres é certamente uma esquisitice a mais, de forma alguma, porém, em demérito das mulheres. No fundo, elas forçam uma quebra da barreira entre o humano e o não humano, fracassando. O esforço, assim como o fracasso, é delas do ponto de vista metafísico. Os homens, pelo contrário, parecem representar a resistência a tal esforço, o terror invencível que faz fracassar até mesmo uma imensa volúpia oferecida como benefício. Os homens vencem, mas ao preço do desastre. No final, tudo se incendeia, Ígor perde a razão, Nazarie e o médico estão aniquilados. Tudo permanece como fora antes, mas não há qualquer indício de purificação pelo fogo. O lugar fica deserto, a família do boiardo se consumiu para nada. A perspectiva terrestre de Ígor vence, mas a perspectiva metafísica permanece presa a Christina. O fracasso dela, em vez de revigorar, só angustia uma vez mais os seres humanos.

As provas do herói

Com relação a Ígor, e talvez também às outras personagens, o romance de Eliade não segue as regras narratológicas clássicas. Tradicionalmente, o herói passa por três "provas": qualificação, confrontação com o adversário e a prova glorificadora*, que consta na adjudicação do prêmio, geralmente "a filha do imperador". Desde os mitos até o cinema clássico hollywoodiano, inclusive nos filmes de Hitchcock, no final, "the hero gets the girl".

---

* *L'épreuve glorifiante*, na semiótica de Greimas (*Du sens*, Seuil, 1970). Richard Schechner também identifica, em toda *performance*, dos rituais e atividades esportivas até o teatro moderno e os dramas políticos atuais, quatro etapas obrigatórias da narração: *Breach, Crisis, Redressive action* e *Reintegration* (*Performance Theory*, Routledge, 1988, 2008, p. 189).

A qualificação de Ígor é sempre incerta com relação a todas as outras três personagens femininas*.

Curiosamente, essas incertezas todas levam, embora com dificuldade, à vitória no confronto direto (capítulo XVI). Ígor agora ganha coragem e salva Sanda da casa em chamas, mas ela desmaia (capítulo XVII). Destrói em seguida o retrato de Christina – como se a própria imagem devesse desaparecer magicamente – e, no capítulo XIX, com uso da barra de ferro, o cadáver de Christina, gesto que aparentemente produz a morte de Simina. Ao mesmo tempo, porém, morre também Sanda, e Ígor desmorona numa espécie de abismo de perda de consciência, do qual ignoramos se, e como, renascerá. Nessa luta, pode-se dizer que não há vencedores. Ígor não é um herói pois as três mulheres não são perfeitamente diferenciadas; elas constituem imagens laterais de um adversário único, *poligonal*: a Morte. Simina, Christina, o retrato e Sanda são apenas algumas de suas facetas: todo mal cometido a uma repercute nas outras. Ígor não cede diante de Christina, na verdade, diante de seu próprio desejo – o que é apresentado como mérito, embora isso não gere benefício algum. Ao contrário dos contos de fada, a morte do Dragão leva à morte da filha do imperador e ao desmoronamento do herói. A narratologia confirma a ontologia.

Mortos-vivos

Se o ciclo realista eliadiano é ontologicamente homogêneo, com uma causalidade narrativa exclusivamente intramundana, o ciclo fantástico, pelo contrário, se desenvolve num universo minado e fissurado pelo irreal. Neste romance, o irreal é o mundo dos mortos-vivos que anseiam por retornar ao mundo dos homens, roubando-lhes o sangue e/ou pedindo seu amor para continuarem existindo. O vampiro é uma personagem presente em diversas literaturas, sobretudo no romantismo tardio e no decadentismo do fim do século XIX, quando surge todo tipo de obsessões paranormais que contradizem o domínio do racionalismo pragmático e o culto do documento exato anteriores. Dona Moscu recita partes do drama *Antony* de Alexandre Dumas, pai; sobre sua mesa encontram-se livros como *Les fleurs du mal* de Baudelaire e o romance *Là-bas* de Huysmans, ambos provindos da biblioteca de Christina. Eliade, bom conhecedor das literaturas inglesa e francesa, bem como da literatura "da carne, da morte e do diabo", assim chamada por Mario Praz**, lera provavelmente o romance "gótico" de M. G. Lewis, *The Monk* (1796), e talvez também *Drácula*, de

---

* Ele fracassa na cena do jardim com Simina (capítulo IV), mas recupera terreno à frente dela no capítulo VII, para de novo perder durante a humilhação no porão (capítulo XII). A indecisão diante de Sanda é derrotada por meio da declaração de noivado, malgrado as ironias de dona Moscu, assim como por meio da decisão publicamente anunciada de defendê-la (capítulo XI). O primeiro encontro com Christina no capítulo XV parece acontecer dentro de um sonho; o segundo, ou continuação do primeiro, ocorre de verdade no quarto de Ígor no capítulo seguinte, mas agora ele consegue repeli-la.
** Mario Praz (1896-1982), vide *La carne, la morte e il diavolo nella letteratura romantica*, 1930; e *The Romantic agony*, 1933.

Bram Stoker (1897), fonte de inúmeras histórias e filmes ulteriores com vampiros, que hoje invadem a televisão. Alexandre Dumas, pai e Jules Verne escreveram também eles romances estranhos nesse gênero, com ações que se desenrolam nos Cárpatos romenos*.

Por outro lado, o próprio Eliade faz citações dos poemas "Harald e Luceafărul" do grande poeta romântico romeno Eminescu, que versam sobre a relação dentre vivos e mortos, ou dentre terráqueos e criaturas sobrenaturais, bem como cita textos mágicos romenos contra mortos-vivos**; o próprio gesto final do romance, a introdução de uma barra de ferro, por parte de Ígor, no coração do cadáver de Christina, provém de práticas arcaicas, pré-cristãs, relatadas no folclore romeno. Simina, precoce *alter ego* de Christina, cita, com irônica erudição, "a história do filho de um pastor de ovelhas que se apaixonou por uma imperatriz morta". Todas essas citações evocam fontes locais situadas fora das tradições medievais ou românticas ocidentais. Eliade talvez tenha desejado sublinhar, por meio de semelhante "intertexto" antropológico, o fato de que este é o verdadeiro quadro de referência – o que se costuma chamar de *frame of knowledge* – do seu romance, que não se enquadra na circulação de temas internacionais, tão caros à literatura comparada. A arqueologia pré-romana mencionada por Nazarie no romance nos leva à planície do Danúbio – outro espaço que não os Cárpatos de Drácula – evocada por Mircea Eliade devido à sua admiração, como historiador das religiões, pelas pesquisas empreendidas por Vasile Pârvan (1882-1927) que, em suas obras *Getica* (1926) e *Dacia* (1928), revelou extensa vida pré-histórica das populações que precederam a presença do Império Romano (N. B.: o povo romeno surgiu a partir da interseção dos romanos com essas populações locais).

Por fim, outra zona intertextual é constituída por *Răscoala,* de Liviu Rebreanu*** (1933), romance realista clássico do período romeno do entreguerras, dedicado à revolta dos camponeses de 1907, de onde parecem brotar as cenas coletivas com vozes e figuras anônimas do vilarejo durante o incêndio do casarão do boiardo, no final de *Senhorita Christina*. Mircea Eliade aqui parece desejar explorar a faceta interna, secreta, do "complexo rural" romeno, em que seus constituintes, boiardos e camponeses, são governados na mesma medida pela atração e pela hostilidade, pela necessidade e pela repulsa recíprocas, bem como pela incapacidade de resolver o impasse comum de outra maneira que não a violenta; o "complexo sado-masoquista" que une Christina e Ígor lembra a atração e repulsão entre Nadina e Petre em *Răscoala*. Um ensaio sobre *Senhorita Christina* decifra no vampiro originado de

---

* As lendas têm origem na figura do príncipe da Valáquia Vlad Țepeș (1431-1476). Seu pai recebeu o sobrenome, ou apelido, de Dracul – que em romeno significa "o Diabo" – por causa de uma comenda outorgada pelo rei da Hungria, que trazia o desenho de um dragão. Țepeș foi um governante bastante cruel nas punições aplicadas aos boiardos infiéis bem como a certos comerciantes não propriamente honestos de Brașov, cidade fronteiriça no sul da Transilvânia, habitada sobretudo por alemães. Em certas gravuras e crônicas alemãs contemporâneas – que Stoker talvez tenha visto na British Library – Vlad era apresentado como uma figura diabólica, afeito a prazeres vampíricos, provavelmente por causa dos tributos por ele impostos sobre o trânsito de mercadoria transilvana vindas de ou com destino a Constantinopla (Istambul).
** Vide nota ao texto do romance, p. 161. (N.T.)
*** Traduzido no Brasil como *A revolta*, o livro foi publicado em 1969 pela editora Fulgor, São Paulo. (N.T.)

um morto que não foi bem enterrado a agonia insolúvel do universo rural de 1907: a revolta inútil dos camponeses, sua repressão por meio do Exército e o ulterior desaparecimento dos boiardos do poder após a reforma agrária de 1921. O incêndio final do romance não passaria, portanto, de uma purificação ritual depois do desastre coletivo*.

Conclusões

A etiqueta de literatura fantástica, sempre utilizada pela crítica romena, é limitadora, como todo termo estético. Essencial parece-me ser a maturidade do texto no caso de um autor de apenas 29 anos, que era a idade de Eliade em 1936 (nascido em Bucareste em 1907). O tratamento ontológico do tema, as sutilezas das conotações, o ritmo contraponteado da ação – que nessa altura infelizmente não me permito abordar – e sobretudo *a percepção do corpo*, então pouco acessível, até onde sei, a outros romances do eros, como aqueles assinados por Lawrence, muito admirados por Eliade**, dão a medida de um escritor ousado e inovador. A literatura de Eliade foi considerada pornográfica*** sem que as próprias pessoas que o defenderam em nome da liberdade de expressão houvessem compreendido que o autor estava na verdade interessado não (só) na maneira de descrever o sexo, mas (sobretudo) na questão de como se pode ultrapassar, *através do sexo*, o limite corporal do ser humano.

Senhorita Christina e *A serpente* marcam uma época. Para Mircea Eliade, as duas obras constituem a plataforma giratória na direção de outra literatura que não a realista. Ainda apoiada pelas tradições romenas, essa literatura se emancipará depois da guerra no sentido de expressar – sem nomeá-los – os sentidos que escapam à mimese, então ainda muito respeitada.

A entrada do irreal no real, entretanto, à diferença do que ocorre na prosa ou na pintura clássica moderna, não produz apenas horror. O irreal também pode ser sereno. Na prosa romena, somente Eminescu realizara algo assim. É ainda discutível se a etiqueta de literatura fantástica nomeia com propriedade esse gênero. *Senhorita Christina* parece antes uma "desconstrução" da prosa de Rebreanu, ou da de Camil Petrescu****, do que uma irmã de *Craii de Curtea-Veche*****. Mas ela se encontra, sem dúvida, no mesmo nível de originalidade da produção romena do entreguerras.

---

*   Ilina Gregori, *Studii literare*, Fundação Cultural Romena, 2002, apud *Domnişoara Christina. Şarpele*, Biblioteca Pentru Toţi, pp. 305-306.
** Sobre o romance *Women in Love* (1916), de autoria de Lawrence, Eliade escreve, em *Insula lui Euthanasius* (1943), que se trata do "único livro genial que a literatura inglesa deu desde a guerra". Vide *Drumul spre centru*, Univers, 1991, p. 285.
*** A partir de 1936, para *Senhorita Christina*, mas sobretudo em 1937, quando o governo tenta suspender a obra das escolas.
**** Camil Petrescu (1894-1957) é o escritor romeno que acaba com o romance tradicional. (N.T.)
***** Romance do escritor romeno Mateiu Caragiale (1885-1936), iniciado em 1916 e finalizado em 1928, considerado marco inaugural da literatura fantástica romena. (N.T.)

SOBRE O AUTOR, O ILUSTRADOR, O TRADUTOR E O POSFACIADOR

Mircea Eliade nasceu em Bucareste, Romênia, no dia 28 de fevereiro de 1907. Formado em filosofia pela Universidade de Bucareste, pela qual se doutorou (tendo feito parte de seus estudos na Universidade de Calcutá, Índia) e onde lecionou, foi professor em Paris (Sorbonne e École Pratique des Hautes Études), Roma (Istituto per il Medio ed Estremo Oriente) e Zurique (Jung Institut) e, de 1941 a 1944, diplomata, atuando nas representações romenas em Londres e Lisboa. Impedido de regressar à Romênia agora comunista, radicou-se nos Estados Unidos em 1956, lecionando na Universidade de Chicago. Mais célebre historiador das religiões no século xx, escreveu 37 obras, entre ensaio, romance e teatro, destacando-se *Imagens e símbolos – Ensaio sobre o simbolismo mágico-religioso*; *Yoga – Imortalidade e liberdade*; *O conhecimento sagrado de todas as eras*; *Mito, sonhos e mistérios*; *Mito e realidade*; *Tratado de história das religiões*; *O sagrado e o profano – A essência das religiões*; *O xamanismo e as técnicas arcaicas do êxtase*; *O mito do eterno retorno – Arquétipos e repetição*; *História das crenças e das ideias religiosas* e *Ocultismo, bruxaria e correntes culturais – Ensaios em religiões comparadas*. Naturalizado norte-americano em 1970, faleceu em Chicago no dia 22 de abril de 1986.

Santiago Caruso nasceu em Quilmes, província de Buenos Aires, Argentina, em 1982. Formado pela Escola de Belas Artes Carlos Morel, aos 21 anos foi distinguido com o primeiro lugar na categoria desenho no Salão de Artes Plásticas do Museu Roverano. Desde 2006 colabora como capista na revista *Caras y Caretas* e em editoras inglesas e norte-americanas, ilustrando, entre outros, *Ajenjo*, *Three Great Plays of Shakespeare* e *Don Quixote*. Em 2007 foi selecionado para integrar o *Catálogo de ilustradores argentinos*, publicado pelo Museu de Arte Latino-americana de Buenos Aires. Ilustrou *A condessa sangrenta*, de Alejandra

Pizarnik, lançado no Brasil pelo selo Tordesilhas. Além desta obra ilustrou *El Horror de Dunwich*, de H. P. Lovecraft; *El Monje y la Hija del Verdugo*, de Ambrose Bierce (todos pela editora espanhola Libros del Zorro Rojo); e *The Peacock Escritoire,* de Mark Valentine, para a Ex Occidente Press. Em 2010 foi selecionado pela Beinart International Surreal Art Collective, de cujas exposições é membro permanente. Sua obra tem sido exposta em galerias e museus de Argentina, Colômbia, México, Estados Unidos, Espanha e Alemanha.

Fernando Klabin nasceu em São Paulo (sp) e formou-se em ciência política pela Universidade de Bucareste, Romênia, onde reside desde 1997. Do romeno traduziu, entre outras obras, *Nos cumes do desespero*, de Emil Cioran (Hedra); *Acontecimentos da irrealidade imediata*, de Max Blecher (Editora Globo); *Uma outra juventude* e *Dayan*, de Mircea Eliade (Editora 34); e poemas de Marin Sorescu e Geo Bogza publicados pela revista *Poesia Sempre*.

Sorin Alexandrescu nasceu em Bucareste, Romênia, em 1937. Crítico, teórico e historiador da literatura, formou-se pela Faculdade de Filologia da Universidade de Bucareste e foi professor da Universidade de Amsterdã, Holanda. Sobrinho de Mircea Eliade, em cuja "fase portuguesa" é especialista, escreveu também sobre William Faulkner e Charles Dickens, além de publicar estudos sobre língua e literatura romenas.

Este livro, composto com tipografia EideticNeo e diagramado pela Alaúde Editorial Limitada, foi impresso em papel cuchê fosco cento e quinze gramas pela Ipsis Gráfica e Editora Sociedade Anônima no quadragésimo terceiro ano da publicação de *Sessenta e dois modelo para armar*, de Julio Cortázar. São Paulo, dezembro de dois mil e onze.